野草

鲁迅 著

陕西师范大学出版总社

图书代号：WX18N1017

图书在版编目（CIP）数据

野草 / 鲁迅著．— 西安：陕西师范大学出版总社有限公司，2018.10

ISBN 978-7-5695-0122-3

Ⅰ.①野… Ⅱ.①鲁… Ⅲ.①鲁迅诗歌－诗集 Ⅳ.①I210.5

中国版本图书馆 CIP 数据核字（2018）第 163657 号

野草

YECAO

鲁迅 著

出 版 人 刘东风
责任编辑 宋媛媛
特约编辑 韦可儿
封面设计 王 鑫
出版发行 陕西师范大学出版总社
（西安市长安南路 199 号 邮编 710062）
网 址 http://www.snupg.com
印 刷 大厂回族自治县德诚印务有限公司
开 本 620mm×889mm 1/16
印 张 14
字 数 137 千
版 次 2018 年 10 月第 1 版
印 次 2018 年 10 月第 1 次印刷
书 号 ISBN 978-7-5695-0122-3
定 价 49.00 元

目录

第一编　野　草

第二编　驳　辞

第三编　言　智

第四编　凝　思

第一编 野草

题　辞

当我沉默着的时候，我觉得充实；我将开口，同时感到空虚。

过去的生命已经死亡。我对于这死亡有大欢喜，因为我借此知道它曾经存活。死亡的生命已经朽腐。我对于这朽腐有大欢喜，因为我借此知道它还非空虚。

生命的泥委弃在地面上，不生乔木，只生野草，这是我的罪过。

野草，根本不深，花叶不美，然而吸取露，吸取水，吸取陈死人的血和肉，各个夺取它的生存。当生存时，还是将遭践踏，将遭删刈，直至于死亡而朽腐。

但我坦然，欣然。我将大笑，我将歌唱。

我自爱我的野草，但我憎恶这以野草作装饰的地面。

地火在地下运行，奔突；熔岩一旦喷出，将烧尽一切野草，以及乔木，于是并且无可朽腐。

但我坦然，欣然。我将大笑，我将歌唱。

天地有如此静穆，我不能大笑而且歌唱。天地即不如此静穆，我或者也将不能。我以这一丛野草，在明与暗，生与死，过去与未来之际，献于友与仇，人与兽，爱者与不爱者之前作证。

〔注〕为保持原作风貌，本书所选篇目保留原版习惯用字、通假字和标点用法，与现代规范汉语有出入者，请读者注意辨识，勿产生误解。

为我自己，为友与仇，人与兽，爱者与不爱者，我希望这野草的死亡与朽腐，火速到来。要不然，我先就未曾生存，这实在比死亡与朽腐更其不幸。

去罢，野草，连着我的题辞！

一九二七年四月二十六日，鲁迅记于广州之白云楼上

秋　夜

在我的后园，可以看见墙外有两株树，一株是枣树，还有一株也是枣树。

这上面的夜的天空，奇怪而高，我生平没有见过这样的奇怪而高的天空。他仿佛要离开人间而去，使人们仰面不再看见。然而现在却非常之蓝，闪闪地䀹着几十个星星的眼，冷眼。他的口角上现出微笑，似乎自以为大有深意，而将繁霜洒在我的园里的野花草上。

我不知道那些花草真叫什么名字，人们叫他们什么名字。我记得有一种开过极细小的粉红花，现在还开着，但是更极细小了，她在冷的夜气中，瑟缩地做梦，梦见春的到来，梦见秋的到来，梦见瘦的诗人将眼泪擦在她最末的花瓣上，告诉她秋虽然来，冬虽然来，而此后接着还是春，蝴蝶乱飞，蜜蜂都唱起春词来了。她于是一笑，虽然颜色冻得红惨惨的，仍然瑟缩着。

枣树，他们简直落尽了叶子。先前，还有一两个孩子来打他们别人打剩的枣子，现在是一个也不剩了，连叶子也落尽了。他知道小粉红花的梦，秋后要有春；他也知道落叶的梦，春后还是秋。他简直落尽叶子，单剩干子，然而脱了当初满树是果实和叶子时候的弧形，欠伸得很舒服。但是，有几枝还低压着，护定他从打枣的竿梢所得的皮伤，而最直最长的几枝，却已默默地铁似的直刺着奇怪而高的天空，使天空闪闪地鬼䀹眼；直刺着天空中圆满的月亮，使月亮窘得发白。

鬼䀹眼的天空越加非常之蓝，不安了，仿佛想离去人间，避开枣树，只将月亮剩下。然而月亮也暗暗地躲到东边去了。而一无所有的干子，却仍然默默地铁似的直刺着奇怪而高的天空，一意要制他的死命，不管他各式各样地䀹着许多蛊惑的眼睛。

哇的一声，夜游的恶鸟飞过了。

我忽而听到夜半的笑声，吃吃的，似乎不愿意惊动睡着的人，然而四围的空气都应和着笑。夜半，没有别的人，我即刻听出这声音就在我嘴里，我也即刻被这笑声所驱逐，回进自己的房。灯火的带子也即刻被我旋高了。

后窗的玻璃上叮叮地响，还有许多小飞虫乱撞。不多久，几个进来了，许是从窗纸的破孔进来的。他们一进来，又在玻璃的灯罩上撞得叮叮地响。一个从上面撞进去了，他于是遇到火，而且我以为这火是真的。两三个却休息在灯的纸罩上喘气。那罩是昨晚新换的罩，雪白的纸，折出波浪纹的叠痕，一角还画出一枝猩红色的栀子。

猩红的栀子开花时，枣树又要做小粉红花的梦，青葱地弯成弧形了。我又听到夜半的笑声；我赶紧砍断我的心绪，看那老在白纸罩上的小青虫，头大尾小，向日葵子似的，只有半粒小麦那么大，遍身的颜色苍翠得可爱，可怜。

我打一个哈欠，点起一支纸烟，喷出烟来，对着灯默默地敬奠这些苍翠精致的英雄们。

一九二四年九月十五日

影的告别

人睡到不知道时候的时候，就会有影来告别，说出那些话——

有我所不乐意的在天堂里，我不愿去；有我所不乐意的在地狱里，我不愿去；有我所不乐意的在你们将来的黄金世界里，我不愿去。

然而你就是我所不乐意的。

朋友，我不想跟随你了，我不愿住。

我不愿意！

呜呼呜呼，我不愿意，我不如彷徨于无地。

我不过是一个影，要别你而沉没在黑暗里了。然而黑暗又会吞并我，然而光明又会使我消失。

然而我不愿彷徨于明暗之间，我不如在黑暗里沉没。

然而我终于彷徨于明暗之间，我不知道是黄昏还是黎明。我姑且举灰黑的手装作喝干一杯酒，我将在不知道时候的时候独自远行。

呜呼呜呼，倘若黄昏，黑夜自然会来沉没我，否则我要被白天消失，如果现是黎明。

朋友，时候近了。

我将向黑暗里彷徨于无地。

你还想我的赠品。我能献你什么呢？无已，则仍是黑暗与虚空而已。但是，我愿意只是黑暗，或者会消失于你的白天；我愿意只是虚空，决不占你的心地。

我愿意这样，朋友——

我独自远行，不但没有你，并且再没有别的影在黑暗里。只有我被黑暗沉没，那世界全属于我自己。

一九二四年九月二十四日

求乞者

我顺着剥落的高墙走路，踏着松的灰土。另外有几个人，各自走路。微风起来，露在墙头的高树的枝条带着还未干枯的叶子在我头上摇动。

微风起来，四面都是灰土。

一个孩子向我求乞，也穿着夹衣，也不见得悲戚，而拦着磕头，追着哀呼。

我厌恶他的声调，态度。我憎恶他并不悲哀，近于儿戏；我烦腻他这追着哀呼。

我走路。另外有几个人各自走路。微风起来，四面都是灰土。

一个孩子向我求乞，也穿着夹衣，也不见得悲戚，但是哑的，摊开手，装着手势。

我就憎恶他这手势。而且，他或者并不哑，这不过是一种求乞的法子。

我不布施，我无布施心，我但居布施者之上，给予烦腻，疑心，憎恶。

我顺着倒败的泥墙走路，断砖叠在墙缺口，墙里面没有什么。微风起来，送秋寒穿透我的夹衣；四面都是灰土。

我想着我将用什么方法求乞：发声，用怎样声调？装哑，用怎样手势？

另外有几个人各自走路。

我将得不到布施，得不到布施心；我将得到自居于布施之上者的烦腻，疑心，憎恶。

我将用无所为和沉默求乞……

我至少将得到虚无。

微风起来，四面都是灰土。另外有几个人各自走路。

灰土，灰土……

…………

灰土……

一九二四年九月二十四日

我的失恋

——拟古的新打油诗

我的所爱在山腰；
想去寻她山太高，
低头无法泪沾袍。
爱人赠我百蝶巾；
回她什么：猫头鹰。
从此翻脸不理我，
不知何故兮使我心惊。

我的所爱在闹市；
想去寻她人拥挤，
仰头无法泪沾耳。
爱人赠我双燕图；
回她什么：冰糖葫芦。
从此翻脸不理我，
不知何故兮使我糊涂。

我的所爱在河滨；

想去寻她河水深，
歪头无法泪沾襟。
爱人赠我金表索；
回她什么：发汗药。
从此翻脸不理我，
不知何故兮使我神经衰弱。

　　我的所爱在豪家；
想去寻她兮没有汽车，
摇头无法泪如麻。
爱人赠我玫瑰花；
回她什么：赤练蛇。
从此翻脸不理我，
不知何故兮——由她去罢。

一九二四年十月三日

复　仇

人的皮肤之厚，大概不到半分，鲜红的热血，就循着那后面，在比密密层层地爬在墙壁上的槐蚕更其密的血管里奔流，散出温热。于是各以这温热互相蛊惑，煽动，牵引，拼命地希求偎依，接吻，拥抱，以得生命的沉酣的大欢喜。

但倘若用一柄尖锐的利刃，只一击，穿透这桃红色的，菲薄的皮肤，将见那鲜红的热血激箭似的以所有温热直接灌溉杀戮者；其次，则给以冰冷的呼吸，示以淡白的嘴唇，使之人性茫然，得到生命的飞扬的极致的大欢喜；而其自身，则永远沉浸于生命的飞扬的极致的大欢喜中。

这样，所以，有他们俩裸着身体，捏着利刃，对立于广漠的旷野之上。

他们俩将要拥抱，将要杀戮……

路人们从四面奔来，密密层层的，如槐蚕爬上墙壁，如蚂蚁要扛鲞头。衣服都漂亮，手倒空的。然而从四面奔来，并且拼命地伸长颈子，要赏鉴这拥抱或杀戮。他们已经预觉着事后自己的舌上的汗或血的鲜味。

然而他们俩对立着，在广漠的旷野之上，裸着全身，捏着利刃，然而也不拥抱，也不杀戮，而且也不见有拥抱或杀戮之意。

他们俩就这样地至于永久，圆活的身体，已将干枯，然而毫不见有拥抱或杀戮之意。

路人们于是乎无聊；觉得有无聊钻进他们的毛孔，觉得有无聊从他们自己的心中由毛孔钻出，爬满旷野，又钻进别人的毛孔中。他们于是觉得喉舌干燥，脖子也乏了；终至于面面相觑，慢慢走散；甚而至于居然觉得干枯到失了生趣。

于是只剩下广漠的旷野，而他们俩在其间裸着全身，捏着利刃，干枯地立着；以死人似的眼光，赏鉴这路人们的干枯，无血的大戮，而永远沉浸于生命的飞扬的极致的大欢喜中。

一九二四年十二月二十日

复仇（其二）

因为他自以为神之子，以色列的王，所以去钉十字架。

兵丁们给他穿上紫袍，戴上荆冠，庆贺他；又拿一根苇子打他的头，吐他，屈膝拜他；戏弄完了，就给他脱了紫袍，仍穿他自己的衣服。

看哪，他们打他的头，吐他，拜他……

他不肯喝那用没药调和的酒，要分明地玩味以色列人怎样对付他们的神之子，而且较永久地悲悯他们的前途，然而仇恨他们的现在。

四面都是敌意，可悲悯的，可咒诅的。

丁丁地响，钉尖从掌心穿透，他们要钉杀他们的神之子了，可悯的人们呵，使他痛得柔和。丁丁地响，钉尖从脚背穿透，钉碎了一块骨，痛楚也透到心髓中，然而他们钉杀着他们的神之子了，可咒诅的人们呵，这使他痛得舒服。

十字架竖起来了；他悬在虚空中。

他没有喝那用没药调和的酒，要分明地玩味以色列人怎样对付他们的神之子，而且较永久地悲悯他们的前途，然而仇恨他们的现在。

路人都辱骂他，祭司长和文士也戏弄他，和他同钉的两个强盗也讥诮他。

看哪，和他同钉的……

四面都是敌意，可悲悯的，可咒诅的。

他在手足的痛楚中，玩味着可悯的人们的钉杀神之子的悲哀和可咒诅的人们要钉杀神之子，而神之子就要被钉杀了的欢喜。突然间，碎骨的大痛楚透到心髓了，他即沉酣于大欢喜和大悲悯中。

他腹部波动了，悲悯和咒诅的痛楚的波。

遍地都黑暗了。

“以罗伊，以罗伊，拉马撒巴各大尼？！”（翻出来，就是：我的上帝，你为什么离弃我？！）

上帝离弃了他，他终于还是一个“人之子”；然而以色列人连“人之子”都钉杀了。

钉杀了“人之子”的人们的身上，比钉杀了“神之子”的尤其血污，血腥。

一九二四年十二月二十日

希　望

我的心分外地寂寞。

然而我的心很平安：没有爱憎，没有哀乐，也没有颜色和声音。

我大概老了。我的头发已经苍白，不是很明白的事么？我的手颤抖着，不是很明白的事么？那么，我的魂灵的手一定也颤抖着，头发也一定苍白了。

然而这是许多年前的事了。

这以前，我的心也曾充满过血腥的歌声：血和铁，火焰和毒，恢复和报仇。而忽然这些都空虚了，但有时故意地填以没奈何的自欺的希望。希望，希望，用这希望的盾，抗拒那空虚中的暗夜的袭来，虽然盾后面也依然是空虚中的暗夜。然而就是如此，陆续地耗尽了我的青春。

我早先岂不知我的青春已经逝去了？但以为身外的青春固在：星，月光，僵坠的蝴蝶，暗中的花，猫头鹰的不祥之言，杜鹃的啼血，笑的渺茫，爱的翔舞……虽然是悲凉缥缈的青春罢，然而究竟是青春。

然而现在何以如此寂寞？难道连身外的青春也都逝去，世上的青年也多衰老了么？

我只得由我来肉搏这空虚中的暗夜了。我放下了希望之盾，我听到Petőfi Sándor（1823 — 1849）的“希望”之歌：

希望是什么？是娼妓：

她对谁都蛊惑，将一切都献给；

待你牺牲了极多的宝贝——

你的青春——她就弃掉你。

这伟大的抒情诗人，匈牙利的爱国者，为了祖国而死在可萨克兵的矛尖上，已经七十五年了。悲哉死也，然而更可悲的是他的诗至今没有死。

但是，可惨的人生！桀骜英勇如Petöfi，也终于对了暗夜止步，回顾茫茫的东方了。他说：

绝望之为虚妄，正与希望相同。

倘使我还得偷生在不明不暗的这“虚妄”中，我就还要寻求那逝去的悲凉缥缈的青春，但不妨在我的身外。因为身外的青春倘一消灭，我身中的迟暮也即凋零了。

然而现在没有星和月光，没有僵坠的蝴蝶以至笑的渺茫，爱的翔舞。然而青年们很平安。

我只得由我来肉搏这空虚中的暗夜了，纵使寻不到身外的青春，也总得自己来一掷我身中的迟暮。但暗夜又在那里呢？现在没有星，没有月光以至笑的渺茫和爱的翔舞；青年们很平安，而我的面前又竟至于并且没有真的暗夜。

绝望之为虚妄，正与希望相同！

一九二五年一月一日

雪

暖国的雨，向来没有变过冰冷的坚硬的灿烂的雪花。博识的人们觉得他单调，他自己也以为不幸否耶？江南的雪，可是滋润美艳之至了；那是还在隐约着的青春的消息，是极壮健的处子的皮肤。雪野中有血红的宝珠山茶，白中隐青的单瓣梅花，深黄的磬口的腊梅花；雪下面还有冷绿的杂草。蝴蝶确乎没有；蜜蜂是否来采山茶花和梅花的蜜，我可记不真切了。但我的眼前仿佛看见冬花开在雪野中，有许多蜜蜂们忙碌地飞着，也听得他们嗡嗡地闹着。

孩子们呵着冻得通红，像紫芽姜一般的小手，七八个一齐来塑雪罗汉。因为不成功，谁的父亲也来帮忙了。罗汉就塑得比孩子们高得多，虽然不过是上小下大的一堆，终于分不清是葫芦还是罗汉；然而很洁白，很明艳，以自身的滋润相粘结，整个地闪闪地生光。孩子们用龙眼核给他做眼珠，又从谁的母亲的脂粉奁中偷得胭脂来涂在嘴唇上。这回确是一个大阿罗汉了。他也就目光灼灼地嘴唇通红地坐在雪地里。

第二天还有几个孩子来访问他；对了他拍手，点头，嬉笑。但他终于独自坐着了。晴天又来消释他的皮肤，寒夜又使他结一层冰，化作不透明的水晶模样；连续的晴天又使他成为不知道算什么，而嘴上的胭脂也褪尽了。

但是，朔方的雪花在纷飞之后，却永远如粉，如沙，他们决不粘连，撒在屋上，地上，枯草上，就是这样。屋上的雪是早已就有消化了的，因为屋里居人的火的温热。别的，在晴天之下，旋风忽来，便蓬勃地奋飞，在日光中灿灿地生光，如包藏火焰的大雾，旋转而且升腾，弥漫太空，使太空旋转而且升腾地闪烁。

在无边的旷野上，在凛冽的天宇下，闪闪地旋转升腾着的是雨的精魂……

是的，那是孤独的雪，是死掉的雨，是雨的精魂。

一九二五年一月十八日

风　筝

北京的冬季，地上还有积雪，灰黑色的秃树枝丫叉于晴朗的天空中，而远处有一二风筝浮动，在我是一种惊异和悲哀。

故乡的风筝时节，是春二月，倘听到沙沙的风轮声，仰头便能看见一个淡黑色的蟹风筝或嫩蓝色的蜈蚣风筝。还有寂寞的瓦片风筝，没有风轮，又放得很低，伶仃地显出憔悴可怜模样。但此时地上的杨柳已经发芽，早的山桃也多吐蕾，和孩子们的天上的点缀相照应，打成一片春日的温和。我现在在那里呢？四面都还是严冬的肃杀，而久经诀别的故乡的久经逝去的春天，却就在这天空中荡漾了。

但我是向来不爱放风筝的，不但不爱，并且嫌恶他，因为我以为这是没出息孩子所做的玩意。和我相反的是我的小兄弟，他那时大概十岁内外罢，多病，瘦得不堪，然而最喜欢风筝，自己买不起，我又不许放，他只得张着小嘴，呆看着空中出神，有时至于小半日。远处的蟹风筝突然落下来了，他惊呼；两个瓦片风筝的缠绕解开了，他高兴得跳跃。他的这些，在我看来都是笑柄，可鄙的。

有一天，我忽然想起，似乎多日不很看见他了，但记得曾见他在后园拾枯竹。我恍然大悟似的，便跑向少有人去的一间堆积杂物的小屋去，推开门，果然就在尘封的什物堆中发见了他。他向着大方凳，坐在小凳上；便很惊惶地站了起来，失了色瑟缩着。大方凳旁靠着一个蝴蝶风筝的竹骨，还没有糊上纸，凳上是一对做眼睛用的小风轮，正用红纸条装饰着，将要完工了。我在破获秘密的满足中，又很愤怒他的瞒了我的眼睛，这样苦心孤诣地来偷做没出息孩子的玩意。我即刻伸手折断了蝴蝶的一只翅骨，又将风轮掷在地下，踏扁了。论长幼，论力气，他是都敌不过我的，我当然得到完全的胜利，于是傲然走出，留他绝望地站在小屋里。后来他怎样，我不知道，也没有留心。

然而我的惩罚终于轮到了，在我们离别得很久之后，我已经是中年。我不幸偶尔看了一本外国的讲论儿童的书，才知道游戏是儿童最正当的行为，玩具是儿童的天使。于是二十年来毫不忆及的幼小时候对于精神的虐杀的这一幕，忽地在眼前展开，而我的心也仿佛同时变成铅块，很重很重地堕下去了。

但心又不竟堕下去而至于断绝，他只是很重很重地堕着，堕着。

我也知道补过的方法的：送他风筝，赞成他放，劝他放，我和他一同放。我们嚷着，跑着，笑着。——然而他其时已经和我一样，早已有了胡子了。

我也知道还有一个补过的方法的——去讨他的宽恕，等他说："我可是毫不怪你呵。"那么，我的心一定就轻松了，这确是一个可行的方法。有一回，我们会面的时候，是脸上都已添刻了许多"生"的辛苦的条纹，而我的心很沉重。我们渐渐谈起儿时的旧事来，我便叙述到这一节，自说少年时代的糊涂。"我可是毫不怪你呵。"我想，他要说了，我即刻便受了宽恕，我的心从此也宽松了罢。

"有过这样的事么？"他惊异地笑着说，就像旁听着别人的故事一样。他什么也不记得了。

全然忘却，毫无怨恨，又有什么宽恕之可言呢？无怨的恕，说谎罢了。

我还能希求什么呢？我的心只得沉重着。

现在，故乡的春天又在这异地的空中了，既给我久经逝去的儿时的回忆，而一并也带着无可把握的悲哀。我倒不如躲到肃杀的严冬中去罢，——但是，四面又明明是严冬，正给我非常的寒威和冷气。

一九二五年一月二十四日

好的故事

灯火渐渐地缩小了，在预告石油的已经不多；石油又不是老牌，早熏得灯罩很昏暗。鞭爆的繁响在四近，烟草的烟雾在身边：是昏沉的夜。

我闭了眼睛，向后一仰，靠在椅背上；捏着《初学记》的手搁在膝髁上。

我在朦胧中，看见一个好的故事。

这故事很美丽，幽雅，有趣。许多美的人和美的事，错综起来像一天云锦，而且万颗奔星似的飞动着，同时又展开去，以至于无穷。

我仿佛记得曾坐小船经过山阴道，两岸边的乌桕，新禾，野花，鸡，狗，丛树和枯树，茅屋，塔，伽蓝，农夫和村妇，村女，晒着的衣裳，和尚，蓑笠，天，云，竹……都倒影在澄碧的小河中，随着每一打桨，各各夹带了闪烁的日光，并水里的萍藻游鱼，一同荡漾。诸影诸物，无不解散，而且摇动，扩大，互相融合；刚一融合，却又退缩，复近于原形。边缘都参差如夏云头，镶着日光，发出水银色焰。凡是我所经过的河，都是如此。

现在我所见的故事也如此。水中的青天的底子，一切事物统在上面交错，织成一篇，永是生动，永是展开，我看不见这一篇的结束。

河边枯柳树下的几株瘦削的一丈红，该是村女种的罢。大红花和斑红花，都在水里面浮动，忽而碎散，拉长了，缕缕的胭脂水，然而没有晕。茅屋，狗，塔，村女，云……也都浮动着。大红花一朵朵全被拉长了，这时是泼剌奔迸的红锦带。带织入狗中，狗织入白云中，白云织入村女中……在一瞬间，他们又将退缩了。但斑红花影也已碎散，伸长，就要织进塔，村女，狗，茅屋，云里去。

现在我所见的故事清楚起来了，美丽，幽雅，有趣，而且分明。青天上面，有无数美的人和美的事，我一一看见，一一知道。

我就要凝视他们……

我正要凝视他们时，骤然一惊，睁开眼，云锦也已皱蹙，凌乱，仿佛有谁掷一块大石下河水中，水波陡然起立，将整篇的影子撕成片片了。我无意识地赶忙捏住几乎坠地的《初学记》，眼前还剩着几点虹霓色的碎影。

我真爱这一篇好的故事，趁碎影还在，我要追回他，完成他，留下他。我抛了书，欠身伸手去取笔，——何尝有一丝碎影，只见昏暗的灯光，我不在小船里了。

但我总记得见过这一篇好的故事，在昏沉的夜……

一九二五年二月二十四日

过 客

时：

或一日的黄昏。

地：

或一处。

人：

老翁——约七十岁，白须发，黑长袍。

女孩——约十岁，紫发，乌眼珠，白底黑方格长衫。

过客——约三四十岁，状态困顿倔强，眼光阴沉，黑须，乱发，黑色短衣裤皆破碎，赤足着破鞋，胁下挂一个口袋，支着等身的竹杖。

东，是几株杂树和瓦砾；西，是荒凉破败的丛葬；其间有一条似路非路的痕迹。一间小土屋向这痕迹开着一扇门；门侧有一段枯树根。

（女孩正要将坐在树根上的老翁搀起。）

翁——孩子。喂，孩子！怎么不动了呢？

孩——（向东望着）有谁走来了，看一看罢。

翁——不用看他。扶我进去罢。太阳要下去了。

孩——我，——看一看。

翁——唉，你这孩子！天天看见天，看见土，看见风，还不够好看么？什么也不比这些好看。你偏是要看谁。太阳下去时候出现的东西，不会给你什么好处的。……还是进去罢。

孩——可是，已经近来了。啊啊，是一个乞丐。

翁——乞丐？不见得罢。

（过客从东面的杂树间跄踉走出，暂时踌躇之后，慢慢地走近老翁去。）

客——老丈，你晚上好？

翁——啊，好！托福。你好？

客——老丈，我实在冒昧，我想在你那里讨一杯水喝。我走得渴极了。这地方又没有一个池塘，一个水洼。

翁——唔，可以可以。你请坐罢。（向女孩）孩子，你拿水来，杯子要洗干净。

（女孩默默地走进土屋去。）

翁——客官，你请坐。你是怎么称呼的？

客——称呼？——我不知道。从我还能记得的时候起，我就只一个人。我不知道我本来叫什么。我一路走，有时人们也随便称呼我，各式各样的，我也记不清楚了，况且相同的称呼也没有听到过第二回。

翁——啊啊。那么，你是从那里来的呢？

客——（略略迟疑）我不知道。从我还能记得的时候起，我就在这么走。

翁——对了。那么，我可以问你到那里去么？

客——自然可以。——但是，我不知道。从我还能记得的时候起，我就在这么走，要走到一个地方去，这地方就在前面。我单记得走了许多路，现在来到这里了。我接着就要走向那边去，（西指）前面！

（女孩小心地捧出一个木杯来，递去。）

客——（接杯）多谢，姑娘。（将水两口喝尽，还杯）多谢，姑娘。这真是少有的好意。我真不知道应该怎样感激！

翁——不要这么感激。这于你是没有好处的。

客——是的，这于我没有好处。可是我现在很恢复了些力气了。我就要前去。老丈，你大约是久住在这里的，你可知道前面是怎么一个所在么？

翁——前面？前面，是坟。

客——（诧异地）坟？

孩——不，不，不是的。那里有许多许多野百合，野蔷薇，我常常去玩，去看他们的。

客——（西顾，仿佛微笑）不错。那些地方有许多许多野百合，野蔷薇，我也常常去玩过，去看过的。但是，那是坟。（向老翁）老丈，走完了那坟地之后呢？

翁——走完之后？那我可不知道。我没有走过。

客——不知道？！

孩——我也不知道。

翁——我单知道南边；北边；东边，你的来路。那是我最熟悉的地方，也许倒是于你们最好的地方。你莫怪我多嘴，据我看来，你已经这么劳顿了，还不如回转去，因为你前去也料不定可能走完。

客——料不定可能走完？……（沉思，忽然惊起）那不行！我只得走。回到那里去，就没一处没有名目，没一处没有地主，没一处没有驱逐和牢笼，没一处没有皮面的笑容，没一处没有眶外的眼泪。我憎恶他们，我不回转去！

翁——那也不然。你也会遇见心底的眼泪，为你的悲哀。

客——不。我不愿看见他们心底的眼泪，不要他们为我的悲哀！

翁——那么，你，（摇头）你只得走了。

客——是的，我只得走了。况且还有声音常在前面催促我，叫唤我，使我息不下。可恨的是我的脚早已经走破了，有许多伤，流了许多血。（举起一足给老人看）因此，我的血不够了；我要喝些血。但血在那里呢？可是我也不愿意喝无论谁的血。我只得喝些水，来补充我的血。一路上总有水，我倒也并不感到什么不足。只是我的力气太稀薄了，血里面太多水的缘故罢。今天连一个小水洼也遇不到，也就是少走了路的缘故罢。

翁——那也未必。太阳下去了，我想，还不如休息一会的好罢，像我似的。

客——但是，那前面的声音叫我走。

翁——我知道。

客——你知道？你知道那声音么？

翁——是的。他似乎曾经也叫过我。

客——那也就是现在叫我的声音么？

翁——那我可不知道。他也就是叫过几声，我不理他，他也就不叫了，我也就记不清楚了。

客——唉唉，不理他……（沉思，忽然吃惊，倾听着）不行！我还是走的好。我息不下。可恨我的脚早已经走破了。（准备走路）

孩——给你！（递给一片布）裹上你的伤去。

客——多谢，（接取）姑娘。这真是……这真是极少有的好意。这能使我可以走更多的路。（就断砖坐下，要将布缠在踝上）但是，不行！（竭力站起）姑娘，还了你罢，还是裹不下。况且这太多的好意，我没法感激。

翁——你不要这么感激，这于你没有好处。

客——是的，这于我没有什么好处。但在我，这布施是最上的东西了。你看，我全身上可有这样的。

翁——你不要当真就是。

客——是的。但是我不能。我怕我会这样：倘使我得到了谁的布施，我就要像兀鹰看见死尸一样，在四近徘徊，祝愿她的灭亡，给我亲自看见；或者咒诅她以外的一切全都灭亡，连我自己，因为我就应该得到咒诅。但是我还没有这样的力量；即使有这力量，我也不愿意她有这样的境遇，因为她们大概总不愿意有这样的境遇。我想，这最稳当。（向女孩）姑娘，你这布片太好，可是太小一点了，还了你罢。

孩——（惊惧，退后）我不要了！你带走！

客——（似笑）哦哦，……因为我拿过了？

孩——（点头，指口袋）你装在那里，去玩玩。

客——（颓唐地退后）但这背在身上，怎么走呢？

翁——你息不下，也就背不动。——休息一会，就没有什么了。

客——对咧，休息……（默想，但忽然惊醒，倾听）不，我不能！我还是走好。

翁——你总不愿意休息么？

客——我愿意休息。

翁——那么，你就休息一会罢。

客——但是，我不能……

翁——你总还是觉得走好么？

客——是的。还是走好。

翁——那么，你也还是走好罢。

客——（将腰一伸）好，我告别了。我很感谢你们。（向着女孩）姑娘，这还你，请你收回去。

（女孩惊惧，敛手，要躲进土屋里去。）

翁——你带去罢。要是太重了，可以随时抛在坟地里面的。

孩——（走向前）啊啊，那不行！

客——啊啊，那不行的。

翁——那么，你挂在野百合野蔷薇上就是了。

孩——（拍手）哈哈！好！

客——哦哦……

（极暂时中，沉默。）

翁——那么，再见了。祝你平安。（站起，向女孩）孩子，扶我进去罢。你看，太阳早已下去了。（转身向门）

客——多谢你们。祝你们平安。（徘徊，沉思，忽然吃惊）然而我不能！我只得走。我还是走好罢……（即刻昂了头，奋然向西走去）

（女孩扶老人走进土屋，随即阖了门。过客向野地里跄踉地闯进去，夜色跟在他后面。）

一九二五年三月二日

死　火

我梦见自己在冰山间奔驰。

这是高大的冰山，上接冰天，天上冻云弥漫，片片如鱼鳞模样。山麓有冰树林，枝叶都如松杉。一切冰冷，一切青白。

但我忽然坠在冰谷中。

上下四旁无不冰冷，青白。而一切青白冰上，却有红影无数，纠结如珊瑚网。我俯看脚下，有火焰在。

这是死火。有炎炎的形，但毫不摇动，全体冰结，像珊瑚枝；尖端还有凝固的黑烟，疑这才从火宅中出，所以枯焦。这样，映在冰的四壁，而且互相反映，化为无量数影，使这冰谷，成红珊瑚色。

哈哈！

当我幼小的时候，本就爱看快舰激起的浪花，洪炉喷出的烈焰。不但爱看，还想看清。可惜他们都息息变幻，永无定形。虽然凝视又凝视，总不留下怎样一定的迹象。

死的火焰，现在先得到了你了！

我拾起死火，正要细看，那冷气已使我的指头焦灼；但是，我还熬着，将他塞入衣袋中间。冰谷四面，登时完全青白。我一面思索着走出冰谷的法子。

我的身上喷出一缕黑烟，上升如铁线蛇。冰谷四面，又登时满有红焰流动，如大火聚，将我包围。我低头一看。死火已经燃烧，烧穿了我的衣裳，流在冰地上了。

“唉，朋友！你用了你的温热，将我惊醒了。”他说。

我连忙和他招呼，问他名姓。

“我原先被人遗弃在冰谷中，”他答非所问地说，“遗弃我的早已灭亡，消尽了。我也被冰冻冻得要死。倘使你不给我温热，使我重行烧起，我不久就须灭亡。”

“你的醒来，使我欢喜。我正在想着走出冰谷的方法；我愿意携带你去，使你永不冰结，永得燃烧。”

“唉唉！那么，我将烧完！”

“你的烧完，使我惋惜。我便将你留下，仍在这里罢。”

“唉唉！那么，我将冻灭了！”

“那么，怎么办呢？”

“但你自己，又怎么办呢？”他反而问。

“我说过了：我要出这冰谷……”

“那我就不如烧完！”

他忽而跃起，如红彗星，并我都出冰谷口外。有大石车突然驰来，我终于碾死在车轮底下，但我还来得及看见那车就坠入冰谷中。

“哈哈！你们是再也遇不着死火了！”我得意地笑着说，仿佛就愿意这样似的。

一九二五年四月二十三日

狗的驳诘

我梦见自己在隘巷中行走，衣履破碎，像乞食者。

一条狗在背后叫起来了。

我傲慢地回顾，叱咤说：

“呔！住口！你这势利的狗！”

“嘻嘻！”他笑了，还接着说，“不敢，愧不如人呢。”

“什么？！”我气愤了，觉得这是一个极端的侮辱。

“我惭愧：我终于还不知道分别铜和银；还不知道分别布和绸；还不知道分别官和民；还不知道分别主和奴；还不知道……”

我逃走了。

“且慢！我们再谈谈……”他在后面大声挽留。

我一径逃走，尽力地走，直到逃出梦境，躺在自己的床上。

一九二五年四月二十三日

失掉的好地狱

我梦见自己躺在床上，在荒寒的野外，地狱的旁边。一切鬼魂们的叫唤无不低微，然有秩序，与火焰的怒吼，油的沸腾，钢叉的震颤相和鸣，造成醉心的大乐，布告三界：地下太平。

有一伟大的男子站在我面前，美丽，慈悲，遍身有大光辉，然而我知道他是魔鬼。

“一切都已完结，一切都已完结！可怜的鬼魂们将那好的地狱失掉了！”他悲愤地说，于是坐下，讲给我一个他所知道的故事——

“天地作蜂蜜色的时候，就是魔鬼战胜天神，掌握了主宰一切的大威权的时候。他收得天国，收得人间，也收得地狱。他于是亲临地狱，坐在中央，遍身发大光辉，照见一切鬼众。

“地狱原已废弛得很久了：剑树消却光芒；沸油的边际早不腾涌；大火聚有时不过冒些青烟，远处还萌生曼陀罗花，花极细小，惨白可怜。——那是不足为奇的，因为地上曾经大被焚烧，自然失了他的肥沃。

“鬼魂们在冷油温火里醒来，从魔鬼的光辉中看见地狱小花，惨白可怜，被大蛊惑，倏忽间记起人世，默想至不知几多年，遂同时向着人间，发一声反狱的绝叫。

“人类便应声而起，仗义执言，与魔鬼战斗。战声遍满三界，远过雷霆。终于运大谋略，布大网罗，使魔鬼并且不得不从地狱出走。最后的胜利，是地狱门上也竖了人类的旌旗！

“当鬼魂们一齐欢呼时，人类的整饬地狱使者已临地狱，坐在中央，用了人类的威严，叱咤一切鬼众。

“当鬼魂们又发一声反狱的绝叫时，即已成为人类的叛徒，得到永劫沉沦的罚，迁入剑树林的中央。

“人类于是完全掌握了主宰地狱的大威权，那威棱且在魔鬼以上。人类于是整顿废弛，先给牛首阿旁以最高的俸草；而且，添薪加火，磨砺刀山，使地狱全体改观，一洗先前颓废的气象。

“曼陀罗花立即焦枯了。油一样沸；刀一样铦；火一样热；鬼众一样呻吟，一样宛转，至于都不暇记起失掉的好地狱。

“这是人类的成功，是鬼魂的不幸……

“朋友，你在猜疑我了。是的，你是人！我且去寻野兽和恶鬼……”

一九二五年六月十六日

墓碣文

我梦见自己正和墓碣对立，读着上面的刻辞。那墓碣似是沙石所制，剥落很多，又有苔藓丛生，仅存有限的文句——

……于浩歌狂热之际中寒；于天上看见深渊。于一切眼中看见无所有；于无所希望中得救。……

……有一游魂，化为长蛇，口有毒牙。不以啮人，自啮其身，终以殒颠。……

……离开！……

我绕到碣后，才见孤坟，上无草木，且已颓坏。即从大阙口中，窥见死尸，胸腹俱破，中无心肝。而脸上却决不显哀乐之状，但蒙蒙如烟然。

我在疑惧中不及回身，然而已看见墓碣阴面的残存的文句——

……抉心自食，欲知本味。创痛酷烈，本味何能知？……

……痛定之后，徐徐食之。然其心已陈旧，本味又何由知？……

……答我。否则，离开！……

我就要离开。而死尸已在坟中坐起，口唇不动，然而说——

“待我成尘时，你将见我的微笑！”

我疾走，不敢反顾，生怕看见他的追随。

一九二五年六月十七日

颓败线的颤动

我梦见自己在做梦。自身不知所在，眼前却有一间在深夜中紧闭的小屋的内部，但也看见屋上瓦松的茂密的森林。

板桌上的灯罩是新拭的，照得屋子里分外明亮。在光明中，在破榻上，在初不相识的披毛的强悍的肉块底下，有瘦弱渺小的身躯，为饥饿，苦痛，惊异，羞辱，欢欣而颤动。弛缓，然而尚且丰腴的皮肤光润了；青白的两颊泛出轻红，如铅上涂了胭脂水。

灯火也因惊惧而缩小了，东方已经发白。

然而空中还弥漫地摇动着饥饿，苦痛，惊异，羞辱，欢欣的波涛……

"妈！"约略两岁的女孩被门的开阖声惊醒，在草席围着的屋角的地上叫起来了。

"还早哩，再睡一会罢！"她惊惶地说。

"妈！我饿，肚子痛。我们今天能有什么吃的？"

"我们今天有吃的了。等一会有卖烧饼的来，妈就买给你。"她欣慰地更加紧捏着掌中的小银片，低微的声音悲凉地发抖，走近屋角去一看她的女儿，移开草席，抱起来放在破榻上。

"还早哩，再睡一会罢。"她说着，同时抬起眼睛，无可告诉地一看破旧的屋顶以上的天空。

空中突然另起了一个很大的波涛，和先前的相撞击，回旋而成旋涡，将一切并我尽行淹没，口鼻都不能呼吸。

我呻吟着醒来，窗外满是如银的月色，离天明还很辽远似的。

我自身不知所在，眼前却有一间在深夜中紧闭的小屋的内部，我自己知道是在续着残梦。可是梦的年代隔了许多年了。屋的内外已经这样整齐；里面是青年的夫妻，一群小孩子，都怨恨鄙夷地对着一个垂老的女人。

“我们没有脸见人，就只因为你，”男人气愤地说。“你还以为养大了她，其实正是害苦了她，倒不如小时候饿死的好！”

“使我委屈一世的就是你！”女的说。

“还要带累了我！”男的说。

“还要带累他们哩！”女的说，指着孩子们。

最小的一个正玩着一片干芦叶，这时便向空中一挥，仿佛一柄钢刀，大声说道：

“杀！”

那垂老的女人口角正在痉挛，登时一怔，接着便都平静，不多时候，她冷静地，骨立的石像似的站起来了。她开开板门，迈步在深夜中走出，遗弃了背后一切的冷骂和毒笑。

她在深夜中尽走，一直走到无边的荒野；四面都是荒野，头上只有高天，并无一个虫鸟飞过。她赤身露体地，石像似的站在荒野的中央，于一刹那间照见过往的一切：饥饿，苦痛，惊异，羞辱，欢欣，于是发抖；害苦，委屈，带累，于是痉挛；杀，于是平静。……又于一刹那间将一切并合：眷念与决绝，爱抚与复仇，养育与歼除，祝福与咒诅……她于是举两手尽量向天，口唇间漏出人与兽的，非人间所有，所以无词的言语。

当她说出无词的言语时，她那伟大如石像，然而已经荒废的，颓败的身躯的全面都颤动了。这颤动点点如鱼鳞，每一鳞都起伏如沸水在烈火上；空中也即刻一同振颤，仿佛暴风雨中的荒海的波涛。

她于是抬起眼睛向着天空，并无词的言语也沉默尽绝，唯有颤动，辐射若太阳光，使空中的波涛立刻回旋，如遭飓风，汹涌奔腾于无边的荒野。

我梦魇了，自己却知道是因为将手搁在胸脯上了的缘故；我梦中还用尽平生之力，要将这十分沉重的手移开。

一九二五年六月二十九日

立　论

我梦见自己正在小学校的讲堂上预备作文，向老师请教立论的方法。

“难！”老师从眼镜圈外斜射出眼光来，看着我，说：“我告诉你一件事——

“一家人家生了一个男孩，合家高兴透顶了。满月的时候，抱出来给客人看，——大概自然是想得一点好兆头。

“一个说：‘这孩子将来要发财的。’他于是得到一番感谢。

“一个说：‘这孩子将来要做官的。’他于是收回几句恭维。

“一个说：‘这孩子将来是要死的。’他于是得到一顿大家合力的痛打。

“说要死的必然，说富贵的许谎。但说谎的得好报，说必然的遭打。你……”

“我愿意既不谎人，也不遭打。那么，老师，我得怎么说呢？”

“那么，你得说：‘啊呀！这孩子呵！您瞧！多么……啊唷！哈哈！Hehe！ he，hehehehe！’”

一九二五年七月八日

死　后

我梦见自己死在道路上。

这是那里，我怎么到这里来，怎么死的，这些事我全不明白。总之，待到我自己知道已经死掉的时候，就已经死在那里了。

听到几声喜鹊叫，接着是一阵乌老鸦。空气很清爽，——虽然也带些土气息，——大约正当黎明时候罢。我想睁开眼睛来，他却丝毫也不动，简直不像是我的眼睛；于是想抬手，也一样。

恐怖的利镞忽然穿透我的心了。在我生存时，曾经玩笑地设想：假使一个人的死亡，只是运动神经的废灭，而知觉还在，那就比全死了更可怕。谁知道我的预想竟的中了，我自己就在证实这预想。

听到脚步声，走路的罢。一辆独轮车从我的头边推过，大约是重载的，轧轧地叫得人心烦，还有些牙齿。很觉得满眼绯红，一定是太阳上来了。那么，我的脸是朝东的。但那都没有什么关系。切切嚓嚓的人声，看热闹的。他们踹起黄土来，飞进我的鼻孔，使我想打喷嚏了，但终于没有打，仅有想打的心。

陆陆续续的又是脚步声，都到近旁就停下，还有更多的低语声：看的人多起来了。我忽然很想听听他们的议论。但同时想，我生存时说的什么批评不值一笑的话，大概是违心之论罢：才死，就露了破绽了。然而还是听；然而毕竟得不到结论，归纳起来不过是这样——

“死了……”

“嗡。——这……”

“哼！……”

“啧。……唉！……”

我十分高兴，因为始终没有听到一个熟识的声音。否则，或者害得他们伤心；或则要使他们快意；或则要使他们加添些饭后闲谈的材料，多破费宝贵的工夫；这都会使我很抱歉。现在谁也看不见，就是谁也不受影响。好了，总算对得起人了！

但是，大约是一个蚂蚁，在我的脊梁上爬着，痒痒的。我一点也不能动，已经没有除去他的能力了；倘在平时，只将身子一扭，就能使他退避。而且，大腿上又爬着一个哩！你们是做什么的？虫豸！

事情可更坏了：嗡的一声，就有一个青蝇停在我的颧骨上，走了几步，又一飞，开口便舐我的鼻尖。我懊恼地想：足下，我不是什么伟人，你无须到我身上来寻做论的材料……但是不能说出来。他却从鼻尖跑下，又用冷舌头来舐我的嘴唇了，不知道可是表示亲爱。还有几个则聚在眉毛上，跨一步，我的毛根就一摇。实在使我烦厌得不堪，——不堪之至。

忽然，一阵风，一片东西从上面盖下来，他们就一同飞开了，临走时还说——

“惜哉！……”

我愤怒得几乎昏厥过去。

木材摔在地上的钝重的声音同着地面的震动，使我忽然清醒，前额上感着芦席的条纹。但那芦席就被掀去了，又立刻感到了日光的灼热。还听得有人说——

“怎么要死在这里？……”

这声音离我很近，他正弯着腰罢。但人应该死在那里呢？我先前以为人在地上虽没有任意生存的权利，却总有任意死掉的权利的。现在才知道并不然，也很难适合人们的公意。可惜我久没了纸笔；即有也不能写，而且即使写了也没有地方发表了。只好就这样抛开。

有人来抬我，也不知道是谁。听到刀鞘声，还有巡警在这里罢，在我所不应该“死在这里”的这里。我被翻了几个转身，便觉得向上一举，又往下一沉；又听得盖了盖，钉着钉。但是，奇怪，只钉了两个。难道这里的棺材钉，是钉两个的么？

我想：这回是六面碰壁，外加钉子。真是完全失败，呜呼哀哉了！……

“气闷！……”我又想。

然而我其实却比先前已经宁静得多，虽然知不清埋了没有。在手背上触到草席的条纹，觉得这尸衾倒也不恶。只不知道是谁给我化钱的，可惜！但是，可恶，收敛的小子们！我背后的小衫的一角皱起来了，他们并不给我拉平，现在抵得我很难受。你们以为死人无知，做事就这样地草率么？哈哈！

我的身体似乎比活的时候要重得多，所以压着衣皱便格外的不舒服。但我想，不久就可以习惯的；或者就要腐烂，不至于再有什么大麻烦。此刻还不如静静地静着想。

“您好？您死了么？”

是一个颇为耳熟的声音。睁眼看时，却是勃古斋旧书铺的跑外的小伙计。不见约有二十多年了，倒还是一副老样子。我又看看六面的壁，委实太毛糙，简直毫没有加过一点修刮，锯绒还是毛毵毵的。

“那不碍事，那不要紧。”他说，一面打开暗蓝色布的包裹来。”这是明板《公羊传》，嘉靖黑口本，给您送来了。您留下它罢。这是……”

“你！”我诧异地看定他的眼睛，说：“你莫非真正糊涂了？你看我这模样，还要看什么明板？……”

“那可以看，那不碍事。”

我即刻闭上眼睛，因为对他很烦厌。停了一会，没有声息，他大约走了。但是似乎一个蚂蚁又在脖子上爬起来，终于爬到脸上，只绕着眼眶转圈子。

万不料人的思想，是死掉之后也会变化的。忽而，有一种力将我的心的平安冲破；同时，许多梦也都做在眼前了。几个朋友祝我安乐，几个仇敌祝我灭亡。我却总是既不安乐，也不灭亡地不上不下地生活下来，都不能副任何一面的期望。现在又影一般死掉了，连仇敌也不使知道，不肯赠给他们一点惠而不费的欢欣。……

我觉得在快意中要哭出来。这大概是我死后第一次的哭。

然而终于也没有眼泪流下；只看见眼前仿佛有火花一闪，我于是坐了起来。

一九二五年七月十二日

这样的战士

要有这样的一种战士——

已不是蒙昧如非洲土人而背着雪亮的毛瑟枪的；也并不疲惫如中国绿营兵而却佩着盒子炮。他毫无乞灵于牛皮和废铁的甲胄；他只有自己，但拿着蛮人所用的，脱手一掷的投枪。

他走进无物之阵，所遇见的都对他一式点头。他知道这点头就是敌人的武器，是杀人不见血的武器，许多战士都在此灭亡，正如炮弹一般，使猛士无所用其力。

那些头上有各种旗帜，绣出各样好名称：慈善家，学者，文士，长者，青年，雅人，君子……头下有各样外套，绣出各式好花样：学问，道德，国粹，民意，逻辑，公义，东方文明……

但他举起了投枪。

他们都同声立了誓来讲说，他们的心都在胸膛的中央，和别的偏心的人类两样。他们都在胸前放着护心镜，就为自己也深信心在胸膛中央的事作证。

但他举起了投枪。

他微笑，偏侧一掷，却正中了他们的心窝。

一切都颓然倒地；——然而只有一件外套，其中无物。无物之物已经脱走，得了胜利，因为他这时成了戕害慈善家等类的罪人。

但他举起了投枪。

他在无物之阵中大踏步走，再见一式的点头，各种的旗帜，各样的外套……

但他举起了投枪。

他终于在无物之阵中老衰，寿终。他终于不是战士，但无物之物则是胜者。

在这样的境地里，谁也不闻战叫：太平。

太平……

但他举起了投枪！

一九二五年十二月十四日

聪明人和傻子和奴才

奴才总不过是寻人诉苦。只要这样，也只能这样。有一日，他遇到一个聪明人。

“先生！”他悲哀地说，眼泪连成一线，就从眼角上直流下来。“你知道的。我所过的简直不是人的生活。吃的是一天未必有一餐，这一餐又不过是高粱皮，连猪狗都不要吃的，尚且只有一小碗……”

“这实在令人同情。”聪明人也惨然说。

“可不是么！”他高兴了，“可是做工是昼夜无休息：清早担水晚烧饭，上午跑街夜磨面，晴洗衣裳雨张伞，冬烧汽炉夏打扇。半夜要煨银耳，侍候主人耍钱；头钱从来没分，有时还挨皮鞭……”

“唉唉……”聪明人叹息着，眼圈有些发红，似乎要下泪。

“先生！我这样是敷衍不下去的。我总得另外想法子。可是什么法子呢？……”

“我想，你总会好起来……”

“是么？但愿如此。可是我对先生诉了冤苦，又得你的同情和慰安，已经舒坦得不少了。可见天理没有灭绝……”

但是，不几日，他又不平起来了，仍然寻人去诉苦。

“先生！”他流着眼泪说，“你知道的。我住的简直比猪窠还不如。主人并不将我当人；他对他的叭儿狗还要好到几万倍……”

“混账！”那人大叫起来，使他吃惊了。那人是一个傻子。

“先生，我住的只是一间破小屋，又湿，又阴，满是臭虫，睡下去就咬得真可以。秽气冲着鼻子，四面又没有一个窗子……”

“你不会要你的主人开一个窗的么？”

“这怎么行？……”

“那么，你带我去看去！”

傻子跟奴才到他屋外，动手就砸那泥墙。

“先生！你干什么？”他大惊地说。

“我给你打开一个窗洞来。”

“这不行！主人要骂的！”

“管他呢！”他仍然砸。

“人来呀！强盗在毁咱们的屋子了！快来呀！迟一点可要打出窟窿来了！……”他哭嚷着，在地上团团地打滚。

一群奴才都出来，将傻子赶走。

听到了喊声，慢慢地最后出来的是主人。

“有强盗要来毁咱们的屋子，我首先叫喊起来，大家一同把他赶走了。”他恭敬而得胜地说。

“你不错。”主人这样夸奖他。

这一天就来了许多慰问的人，聪明人也在内。

“先生。这回因为我有功，主人夸奖了我了。你先前说我总会好起来，实在是有先见之明……”他大有希望似的高兴地说。

“可不是么……”聪明人也代为高兴似的回答他。

一九二五年十二月二十六日

腊　叶

灯下看《雁门集》，忽然翻出一片压干的枫叶来。

这使我记起去年的深秋。繁霜夜降，木叶多半凋零，庭前的一株小小的枫树也变成红色了。我曾绕树徘徊，细看叶片的颜色，当他青葱的时候是从没有这么注意的。他也并非全树通红，最多的是浅绛，有几片则在绯红底上，还带着几团浓绿。一片独有一点蛀孔，镶着乌黑的花边，在红、黄和绿的斑驳中，明眸似的向人凝视。我自念：这是病叶呵！便将他摘了下来，夹在刚才买到的《雁门集》里。大概是愿使这将坠的被蚀而斑斓的颜色，暂得保存，不即与群叶一同飘散罢。

但今夜他却黄蜡似的躺在我的眼前，那眸子也不复似去年一般灼灼。假使再过几年，旧时的颜色在我记忆中消去，怕连我也不知道他何以夹在书里面的原因了。将坠的病叶的斑斓，似乎也只能在极短时中相对，更何况是葱郁的呢。看看窗外，很能耐寒的树木也早经秃尽了；枫树更何消说得。当深秋时，想来也许有和这去年的模样相似的病叶的罢，但可惜我今年竟没有赏玩秋树的余闲。

一九二五年十二月二十六日

淡淡的血痕中

——记念几个死者和生者和未生者

目前的造物主，还是一个怯弱者。

他暗暗地使天变地异，却不敢毁灭一个这地球；暗暗地使生物衰亡，却不敢长存一切尸体；暗暗地使人类流血，却不敢使血色永远鲜浓；暗暗地使人类受苦，却不敢使人类永远记得。

他专为他的同类——人类中的怯弱者——设想，用废墟荒坟来衬托华屋，用时光来冲淡苦痛和血痕；日日斟出一杯微甘的苦酒，不太少，不太多，以能微醉为度，递给人间，使饮者可以哭，可以歌，也如醒，也如醉，若有知，若无知，也欲死，也欲生。他必须使一切也欲生；他还没有灭尽人类的勇气。

几片废墟和几个荒坟散在地上，映以淡淡的血痕，人们都在其间咀嚼着人我的渺茫的悲苦。但是不肯吐弃，以为究竟胜于空虚，各各自称为"天之僇民"，以作咀嚼着人我的渺茫的悲苦的辩解，而且悚息着静待新的悲苦的到来。新的，这就使他们恐惧，而又渴欲相遇。

这都是造物主的良民。他就需要这样。

叛逆的猛士出于人间；他屹立着，洞见一切已改和现有的废墟和荒坟，记得一切深广和久远的苦痛，正视一切重叠淤积的凝血，深知一切已死，方生，将生和未生。他看透了造化的把戏；他将要起来使人类苏生，或者使人类灭尽，这些造物主的良民们。

造物主，怯弱者，羞惭了，于是伏藏。天地在猛士的眼中于是变色。

一九二六年四月八日

一 觉

飞机负了掷下炸弹的使命，像学校的上课似的，每日上午在北京城上飞行。每听得机件搏击空气的声音，我常觉到一种轻微的紧张，宛然目睹了“死”的袭来，但同时也深切地感着“生”的存在。

隐约听到一二爆发声以后，飞机嗡嗡地叫着，冉冉地飞去了。也许有人死伤了罢，然而天下却似乎更显得太平。窗外的白杨的嫩叶，在日光下发乌金光；榆叶梅也比昨日开得更烂漫。收拾了散乱满床的日报，拂去昨夜聚在书桌上的苍白的微尘，我的四方的小书斋，今日也依然是所谓“窗明几净”。

因为或一种原因，我开手编校那历来积压在我这里的青年作者的文稿了；我要全都给一个清理。我照作品的年月看下去，这些不肯涂脂抹粉的青年们的魂灵便依次屹立在我眼前。他们是绰约的，是纯真的，——阿，然而他们苦恼了，呻吟了，愤怒，而且终于粗暴了，我的可爱的青年们！

魂灵被风沙打击得粗暴，因为这是人的魂灵，我爱这样的魂灵；我愿意在无形无色的鲜血淋漓的粗暴上接吻。漂渺的名园中，奇花盛开着，红颜的静女正在超然无事地逍遥，鹤唳一声，白云郁然而起……这自然使人神往的罢，然而我总记得我活在人间。

我忽然记起一件事：两三年前，我在北京大学的教员预备室里，看见进来一个并不熟悉的青年，默默地给我一包书，便出去了，打开看时，是一本《浅草》。就在这默默中，使我懂得了许多话。阿，这赠品是多么丰饶呵！可惜那《浅草》不再出版了，似乎只成了《沉钟》的前身。那《沉钟》就在这风沙澒洞中，深深地在人海的底里寂寞地鸣动。

野蓟经了几乎致命的摧折，还要开一朵小花，我记得托尔斯泰曾受了很大的感动，因此写出一篇小说来。但是，草木在旱干的沙漠中间，拼命伸长他的根，吸取深地中的水泉，来造成碧绿的林莽，自然是为了自己的"生"的，然而使疲劳枯渴的旅人，一见就怡然觉得遇到了暂时息肩之所，这是如何的可以感激，而且可以悲哀的事？！

《沉钟》的《无题》——代启事——说："有人说：我们的社会是一片沙漠。——如果当真是一片沙漠，这虽然荒漠一点也还静肃；虽然寂寞一点也还会使你感觉苍茫。何至于像这样的混沌，这样的阴沉，而且这样的离奇变幻！"

是的，青年的魂灵屹立在我眼前，他们已经粗暴了，或者将要粗暴了，然而我爱这些流血和隐痛的魂灵，因为他使我觉得是在人间，是在人间活着。

在编校中夕阳居然西下，灯火给我接续的光。各样的青春在眼前一一驰去了，身外但有昏黄环绕。我疲劳着，捏着纸烟，在无名的思想中静静地合了眼睛，看见很长的梦。忽而惊觉，身外也还是环绕着昏黄；烟篆在不动的空气中上升，如几片小小夏云，徐徐变幻出难以指名的形象。

一九二六年四月十日

第二编 驳辞

辱骂和恐吓决不是战斗

——致《文学月报》编辑的一封信

起应兄：

前天收到《文学月报》第四期，看了一下。我所觉得不足的，并非因为它不及别种杂志的五花八门，乃是总还不能比先前充实。但这回提出了几位新的作家来，是极好的，作品的好坏我且不论，最近几年的刊物上，倘不是姓名曾经排印过了的作家，就很有不能登载的趋势，这么下去，新的作者要没有发表作品的机会了。现在打破了这局面，虽然不过是一种月刊的一期，但究竟也扫去一些沉闷，所以我以为是一种好事情。但是，我对于芸生先生的一篇诗，却非常失望。

这诗，一目了然，是看了前一期的别德纳衣的讽刺诗而作的。然而我们来比一比罢，别德纳衣的诗虽然自认为“恶毒”，但其中最甚的也不过是笑骂。这诗怎么样？有辱骂，有恐吓，还有无聊的攻击：其实是大可以不必作的。

例如罢，开首就是对于姓的开玩笑。一个作者自取的别名，自然可以窥见他的思想，譬如“铁血”“病鹃”之类，固不妨由此开一点小玩笑。但姓氏籍贯，却不能决定本人的功罪，因为这是从上代传下来的，不能由他自主。我说这话还在四年之前，当时曾有人评我为“封建余孽”，其实是捧住了这样的题材，欣欣然自以为得计者，倒是十分“封建的”的。不过这种风气，近几年颇少见了，不料现在竟又复活起来，这确不能不说是一个退步。

尤其不堪的是结末的辱骂。现在有些作品，往往并非必要而偏在对话里写上许多骂语去，好像以为非此便不是无产者作品，骂詈愈多，就愈是无产者作品似的。其实好的工农之中，并不随口骂人的多得很，作者不应该将上海流氓的行为，涂在他们身上的。即使有喜欢骂人的无产者，也只是一种坏脾气，作者应该由文艺加以纠正，万不可再来展开，使将来的无阶级社会中，一言不合，便祖宗三代的闹得不可开交。况且即是笔战，就也如别的兵战或拳斗一样，不妨伺隙乘虚，以一击制敌人的死命，如果一味鼓噪，已是《三国志演义》式战法，至于骂一句爹娘，扬长而去，还自以为胜利，那简直是“阿Q”式的战法了。

接着又是什么“剖西瓜”之类的恐吓，这也是极不对的，我想。无产者的革命，乃是为了自己的解放和消灭阶级，并非因为要杀人，即使是正面的敌人，倘不死于战场，就有大众的裁判，决不是一个诗人所能提笔判定生死的。现在虽然很有什么“杀人放火”的传闻，但这只是一种诬陷。中国的报纸上看不出实话，然而只要一看别国的例子也就可以恍然：德国的无产阶级革命（虽然没有成功），并没有乱杀人；俄国不是连皇帝的宫殿都没有烧掉么？而我们的作者，却将革命的工农用笔涂成一个吓人的鬼脸，由我看来，真是卤莽之极了。

自然，中国历来的文坛上，常见的是诬陷，造谣，恐吓，辱骂，翻一翻大部的历史，就往往可以遇见这样的文章，直到现在，还在应用，而且更加厉害。但我想，这一份遗产，还是都让给叭儿狗文艺家去承受罢，我们的作者倘不竭力地抛弃了它，是会和他们成为“一丘之貉”的。

不过我并非主张要对敌人陪笑脸，三鞠躬。我只是说，战斗的作者应该注重于“论争”；倘在诗人，则因为情不可遏而愤怒，而笑骂，自然也无不可。但必须止于嘲笑，止于热骂，而且要“喜笑怒骂，皆成文章”，使敌人因此受伤或致死，而自己并无卑劣的行为，观者也不以为污秽，这才是战斗的作者的本领。

刚才想到了以上的一些，便写出寄上，也许于编辑上可供参考。总之，我是极希望此后的《文学月报》上不再有那样的作品的。

专此布达，并问好。

鲁迅

十二月十日

论讽刺

我们常不免有一种先入之见，看见讽刺作品，就觉得这不是文学上的正路，因为我们先就以为讽刺并不是美德。但我们走到交际场中去，就往往可以看见这样的事实，是两位胖胖的先生，彼此弯腰拱手，满面油晃晃的正在开始他们的扳谈——

"贵姓？……"

"敝姓钱。"

"哦，久仰久仰！还没有请教台甫……"

"草字阔亭。"

"高雅高雅。贵处是……？"

"就是上海……"

"哦哦，那好极了，这真是……"

谁觉得奇怪呢？但若写在小说里，人们可就会另眼相看了，恐怕大概要被算作讽刺。有好些直写事实的作者，就这样的被蒙上了"讽刺家"——很难说是好是坏——的头衔。例如在中国，则《金瓶梅》写蔡御史的自谦和恭维西门庆道："恐我不如安石之才，而君有王右军之高致矣！"还有《儒林外史》写范举人因为守孝，连象牙筷也不肯用，但吃饭时，他却"在燕窝碗里拣了一个大虾圆子送在嘴里"，和这相似的情形是现在还可以遇见的；在外国，则如近来已被中国读者所注意了的果戈理的作品，他那《外套》（韦素园译，在《未名丛刊》中）里的大小官吏，《鼻子》（许遐译，在《译文》中）里的绅士，医生，闲人们之类的典型，是虽在中国的现在，也还可以遇见的。这分明是事实，而且是很广泛的事实，但我们皆谓之讽刺。

人大抵愿意有名，活的时候做自传，死了想有人分讣文，做行实，甚而至于还“宣付国史馆立传”。人也并不全不自知其丑，然而他不愿意改正，只希望随时消掉，不留痕迹，剩下的单是美点，如曾经施粥赈饥之类，却不是全般。“高雅高雅”，他其实何尝不知道有些肉麻，不过他又知道说过就完，“本传”里决不会有，于是也就放心地“高雅”下去。如果有人记了下来，不给它消灭，他可要不高兴了。于是乎挖空心思地来一个反攻，说这些乃是“讽刺”，向作者抹一脸泥，来掩藏自己的真相。但我们也每不免来不及思索，跟着说：“这些乃是讽刺呀！”上当真可是不浅得很。

同一例子的还有所谓“骂人”。假如你到四马路去，看见雉妓在拖住人，倘大声说“野鸡在拉客”，那就会被她骂你是“骂人”。骂人是恶德，于是你先就被判定在坏的一方面了；你坏，对方可就好。但事实呢，却的确是“野鸡在拉客”，不过只可心里知道，说不得，在万不得已时，也只能说：“姑娘勒浪做生意”，恰如对于那些弯腰拱手之辈，做起文章来，是要改作“谦以待人，虚以接物”的。——这才不是骂人，这才不是讽刺。

其实，现在的所谓讽刺作品，大抵倒是写实。非写实决不能成为所谓“讽刺”；非写实的讽刺，即使能有这样的东西，也不过是造谣和诬蔑而已。

三月十六日

读书忌

记得中国的医书中，常常记载着“食忌”，就是说，某两种食物同食，是于人有害，或者足以杀人的，例如葱与蜜，蟹与柿子，落花生与王瓜之类。但是否真实，却无从知道，因为我从未听见有人实验过。

读书也有“忌”，不过与“食忌”稍不同。这就是某一类书决不能和某一类书同看，否则两者中之一必被克杀，或者至少使读者反而发生愤怒。例如现在正在盛行提倡的明人小品，有些篇的确是空灵的。枕边厕上，车里舟中，这真是一种极好的消遣品。然而先要读者的心里空空洞洞，混混茫茫。假如曾经看过《明季稗史》《痛史》，或者明末遗民的著作，那结果可就不同了，这两者一定要打起仗来，非打杀其一不止。我自以为因此很了解了那些憎恶明人小品的论者的心情。

这几天偶然看见一部屈大均的《翁山文外》，其中有一篇戊申（即清康熙七年）八月做的《自代北入京记》。他的文笔，岂在中郎之下呢？可是很有些地方是极有重量的，抄几句在这里——

……沿河行，或渡或否。往往见西夷毡帐，高低不一，所谓穹庐连属，如冈如阜者。男妇皆蒙古语；有卖干湿酪者，羊马者，牦皮者，卧两骆驼中者，坐奚车者，不鞍而骑者，三两而行，被戒衣，或红或黄，持小铁轮，念《金刚秽咒》者。其首顶一柳筐，以盛马粪及木炭者，则皆中华女子。皆盘头跣足，垢面，反被毛袄。人与牛羊相枕藉，腥臊之气，百余里不绝。……

我想，如果看过这样的文章，想象过这样的情景，又没有完全忘记，那么，虽是中郎的《广庄》或《瓶史》，也断不能洗清积愤的，而且还要增加愤怒。因为这实在比中郎时代的他们互相标榜还要坏，他们还没有经历过扬州十日，嘉定三屠！

明人小品，好的；语录体也不坏，但我看《明季稗史》之类和明末遗民的作品却实在还要好，现在也正到了标点，翻印的时候了：给大家来清醒一下。

十一月二十五日

儒　术

元遗山在金元之际，为文宗，为遗献，为愿修野史，保存旧章的有心人，明清以来，颇为一部分人士所爱重。然而他生平有一宗疑案，就是为叛将崔立颂德者，是否确实与他无涉，或竟是出于他的手笔的文章。

金天兴元年（一二三二），蒙古兵围洛阳；次年，安平都尉京城西面元帅崔立杀二丞相，自立为郑王，降于元。惧或加以恶名，群小承旨，议立碑颂功德，于是在文臣间，遂发生了极大的惶恐，因为这与一生的名节相关，在个人是十分重要的。

当时的情状，《金史》《王若虚传》这样说——

> 天兴元年，哀宗走归德。明年春，崔立变，群小附和，请为立建功德碑。翟奕以尚书省命，召若虚为文。时奕辈恃势作威，人或少忤，则谗搆立见屠灭。若虚自分必死，私谓左右司员外郎元好问曰："今召我作碑，不从则死，作之则名节扫地，不若死之为愈。虽然，我姑以理谕之。"……奕辈不能夺，乃召太学生刘祁麻革辈赴省，好问张信之喻以立碑事曰："众议属二君，且已白郑王矣！二君其无让。"祁等固辞而别。数日，促迫不已，祁即为草定，以付好问。好问意未惬，乃自为之，既成，以示若虚，乃共删定数字，然止直叙其事而已。后兵入城，不果立也。

碑虽然“不果立”，但当时却已经发生了“名节”的问题，或谓元好问作，或谓刘祁作，文证具在清凌廷堪所辑的《元遗山先生年谱》中，兹不多录。经其推勘，已知前出的《王若虚传》文，上半据元好问《内翰王公墓表》，后半却全取刘祁自作的《归潜志》，被诬攀之说所蒙蔽了。凌氏辩之云：“夫当时立碑撰文，不过畏崔立之祸，非必取文辞之工，有京叔属草，已足塞立之请，何取更为之耶？”然则刘祁之未尝决死如王若虚，固为一生大玷，但不能更有所推诿，以致成为“塞责”之具，却也可以说是十分晦气的。

然而，元遗山生平还有一宗大事，见于《元史》《张德辉传》——

> 世祖在潜邸，……访中国人材。德辉举魏璠，元裕，李治等二十余人。……壬子，德辉与元裕北觐，请世祖为儒教大宗师，世祖悦而受之。因启：累朝有旨蠲儒户兵赋，乞令有司遵行。从之。

以拓跋魏的后人，与德辉请蒙古小酋长为“汉儿”的“儒教大宗师”，在现在看来，未免有些滑稽，但当时却似乎并无訾议。盖蠲除兵赋，“儒户”均沾利益，清议操之于士，利益既沾，虽已将“儒教”呈献，也不想再来开口了。

由此士大夫便渐渐地进身，然终因不切实用，又渐渐地见弃。但仕路日塞，而南北之士的相争却也日甚了。余阙的《青阳先生文集》卷四《杨君显民诗集序》云——

> 我国初有金宋，天下之人，惟才是用之，无所专主，然用儒者为居多也。自至元以下，始浸用吏，虽执政大臣，亦以吏为之，……而中州之士，见用者遂浸寡。况南方之地远，士多不能自至于京师，其抱才缊者，又往往不屑为吏，故其见用者尤寡也。及其久也，则南北之士亦自町畦以相訾，甚若晋之与秦，不可与

同中国，故夫南方之士微矣。

然在南方，士人其实亦并不冷落。同书《送范立中赴襄阳诗序》云——

> 宋高宗南迁，合淝遂为边地，守臣多以武臣为之。……故民之豪杰者，皆去而为将校，累功多至节制。郡中衣冠之族，惟范氏，商氏，葛氏三家而已。……皇元受命，包裹兵革，……诸武臣之子弟，无所用其能，多伏匿而不出。春秋月朔，郡太守有事于学，衣深衣，戴乌角巾，执笾豆罍爵，唱赞道引者，皆三家之子孙也，故其材皆有所成就，至学校官，累累有焉。……虽天道忌满恶盈，而儒者之泽深且远，从古然也。

这是"中国人才"们献教，卖经以来，"儒户"所食的佳果。虽不能为王者师，且次于吏者数等，而究亦胜于将门和平民者一等，"唱赞道引"，非"伏匿"者所敢望了。

中华民国二十三年五月二十日及次日，上海无线电播音由冯明权先生讲给我们一种奇书：《抱经堂勉学家训》（据《大美晚报》）。这是从未前闻的书，但看见下署"颜子推"，便可以悟出是颜之推《家训》中的《勉学篇》了。曰"抱经堂"者，当是因为曾被卢文弨印入《抱经堂丛书》中的缘故。所讲有这样的一段——

> 有学艺者，触地而安。自荒乱已来，诸见俘虏，虽百世小人，知读《论语》《孝经》者，尚为人师；虽千载冠冕，不晓书记者，莫不耕田养马。以此观之，汝可不自勉耶？若能常保数百卷书，千载终不为小人也。……谚曰：积财千万，不如薄伎在身。伎之易习而可贵者，无过读书也。

这说得很透彻：易习之伎，莫如读书，但知读《论语》《孝经》，则虽被俘虏，犹能为人师，居一切别的俘虏之上。这种教训，是从当时的事实推断出来的，但施之于金元而准，按之于明清之际而亦准。现在忽由播音，以“训”听众，莫非选讲者已大有感于方来，遂绸缪于未雨么？

“儒者之泽深且远”，即小见大，我们由此可以明白“儒术”，知道“儒效”了。

五月二十七日

论照相之类

一　材料之类

我幼小时候，在S城，——所谓幼小时候者，是三十年前，但从进步神速的英才看来，就是一世纪；所谓S城者，我不说它的真名字，何以不说之故，也不说。总之，是在S城，常常旁听大大小小男男女女谈论洋鬼子挖眼睛。曾有一个女人，原在洋鬼子家里佣工，后来出来了，据说她所以出来的原因，就因为亲见一坛盐渍的眼睛，小鲫鱼似的一层一层积叠着，快要和坛沿齐平了。她为远避危险起见，所以赶紧走。

S城有一种习惯，就是凡是小康之家，到冬天一定用盐来腌一缸白菜，以供一年之需，其用意是否和四川的榨菜相同，我不知道。但洋鬼子之腌眼睛，则用意当然别有所在，唯独方法却大受了S城腌白菜法的影响，相传中国对外富于同化力，这也就是一个证据罢。然而状如小鲫鱼者何？答曰：此确为S城人之眼睛也。S城庙宇中常有一种菩萨，号曰眼光娘娘。有眼病的，可以去求祷；愈，则用布或绸做眼睛一对，挂神龛上或左右，以答神庥。所以只要看所挂眼睛的多少，就知道这菩萨的灵不灵。而所挂的眼睛，则正是两头尖尖，如小鲫鱼，要寻一对和洋鬼子生理图上所画似的圆球形者，决不可得。黄帝岐伯尚矣；王莽诛翟义党，分解肢体，令医生们察看，曾否绘图不可知，纵使绘过，现在已佚，徒令“古已有之”而已。宋的《析骨分经》，相传也据目验，《说郛》中有之，我曾看过它，多是胡说，大约是假的。否则，目验尚且如此糊涂，则S城人之将眼睛理想化为小鲫鱼，实也无足深怪了。

然而洋鬼子是吃腌眼睛来代腌菜的么？是不然，据说是应用的。一，用于电线，这是根据别一个乡下人的话，如何用法，他没有谈，但云用于电线罢了；至于电线的用意，他却说过，就是每年加添铁丝，将来鬼兵到时，使中国人无处逃走。二，用于照相，则道理分明，不必多赘，因为我们只要和别人对立，他的瞳子里一定有我的一个小照相的。

而且洋鬼子又挖心肝，那用意，也是应用。我曾旁听过一位念佛的老太太说明理由：他们挖了去，熬成油，点了灯，向地下各处去照去。人心总是贪财的，所以照到埋着宝贝的地方，火头便弯下去了。他们当即掘开来，取了宝贝去，所以洋鬼子都这样的有钱。

道学先生之所谓“万物旨备于我”的事，其实是全国，至少是S城的“目不识丁”的人们都知道，所以人为“万物之灵”。所以月经精液可以延年，毛发爪甲可以补血，大小便可以医许多病，臂膊上的肉可以养亲。然而这并非本论的范围，现在姑且不说。况且S城人极重体面，有许多事不许说；否则，就要用阴谋来惩治的。

二　形式之类

要之，照相似乎是妖术。咸丰年间，或一省里，还有因为能照相而家产被乡下人捣毁的事情。但当我幼小的时候，——即三十年前，S城却已有照相馆了，大家也不甚疑惧。虽然当闹“义和拳民”时，——即二十五年前，或一省里，还以罐头牛肉当作洋鬼子所杀的中国孩子的肉看。然而这是例外，万事万物，总不免有例外的。

要之，S城早有照相馆了，这是我每一经过，总须流连赏玩的地方，但一年中也不过经过四五回。大小长短不同颜色不同的玻璃瓶，又光滑又有刺的仙人掌，在我都是珍奇的物事；还有挂在壁上的框子里的照片：曾大人，李大人，左中堂，鲍军门。一个族中的好心的长辈，曾经借此来教育我，说这许多都是当今的大官，平“长毛”的功臣，你应该学学他们。我那时也很愿意学，然而想，也须赶快仍复有“长毛”。

但是，S 城人却似乎不甚爱照相，因为精神要被照去的，所以运气正好的时候，尤不宜照，而精神则一名“威光”：我当时所知道的只有这一点。直到近年来，才又听到世上有因为怕失了元气而永不洗澡的名士，元气大约就是威光罢，那么，我所知道的就更多了：中国人的精神一名威光即元气，是照得去，洗得下的。

然而虽然不多，那时却又确有光顾照相的人们，我也不明白是什么人物，或者运气不好之徒，或者是新党罢。只是半身像是大抵避忌的，因为像腰斩。自然，清朝是已经废去腰斩的了，但我们还能在戏文上看见包爷爷的铡包勉，一刀两段，何等可怕，则即使是国粹乎，而亦不欲人之加诸我也，诚然也以不照为宜。所以他们所照的多是全身，旁边一张大茶几，上有帽架，茶碗，水烟袋，花盆，几下一个痰盂，以表明这人的气管枝中有许多痰，总须陆续吐出。人呢，或立或坐，或者手执书卷，或者大襟上挂一个很大的时表，我们倘用放大镜一照，至今还可以知道他当时拍照的时辰，而且那时还不会用镁光，所以不必疑心是夜里。

然而名士风流，又何代蔑有呢？雅人早不满于这样千篇一律的呆鸟了，于是也有赤身露体装作晋人的，也有斜领丝绦装作 X 人的，但不多。较为通行的是先将自己照下两张，服饰态度各不同，然后合照为一张，两个自己即或如宾主，或如主仆，名曰“二我图”。但设若一个自己傲然地坐着，一个自己卑劣可怜地，向了坐着的那一个自己跪着的时候，名色便又两样了：“求己图”。这类“图”晒出之后，总须题些诗，或者词如“调寄满庭芳”　“摸鱼儿”之类，然后在书房里挂起。至于贵人富户，则因为属于呆鸟一类，所以决计想不出如此雅致的花样来，即有特别举动，至多也不过自己坐在中间，膝下排列着他的一百个儿子，一千个孙子和一万个曾孙（下略）照一张“全家福”。

Th. Lipps 在他那《伦理学的根本问题》中，说过这样意思的话。就是凡是人主，也容易变成奴隶，因为他一面既承认可做主人，一面就当然承认可做奴隶，所以威力一坠，就死心塌地，俯首帖耳于新主人之前了。那书可惜我不在手头，只记得一个大意，好在中国已经有了译本，虽然是节译，这些话应该存在的罢。用事实来证明这理论的最显著的例是孙皓，治吴时候，如此骄纵酷虐的暴主，一降晋，却是如此卑劣无耻的奴才。中国常语说，临下骄者事上必谄，也就是看穿了这把戏的话。但表现得最透彻的却莫如“求己图”，将来中国如要印《绘图伦理学的根本问题》，这实在是一张极好的插画，就是世界上最伟大的讽刺画家也万万想不到，画不出的。

但现在我们所看见的，已没有卑劣可怜地跪着的照相了，不是什么会纪念的一群，即是什么人放大的半个，都很凛凛地。我愿意我之常常将这些当作半张“求己图”看，乃是我的杞忧。

三　无题之类

照相馆选定一个或数个阔人的照相，放大了挂在门口，似乎是北京特有，或近来流行的。我在S城所见的曾大人之流，都不过六寸或八寸，而且挂着的永远是曾大人之流，也不像北京的时时掉换，年年不同。但革命以后，也许撤去了罢，我知道得不真确。

至于近十年北京的事，可是略有所知了，无非其人阔，则其像放大，其人“下野”，则其像不见，比电光自然永久得多。倘若白昼明烛，要在北京城内寻求一张不像那些阔人似的缩小放大挂起挂倒的照相，则据鄙陋所知，实在只有一位梅兰芳君。而该君的麻姑一般的“天女散花”“黛玉葬花”像，也确乎比那些缩小放大挂起挂倒的东西标致，即此就足以证明中国人实有审美的眼睛，其一面又放大挺胸凸肚的照相者，盖出于不得已。

我在先只读过《红楼梦》，没有看见“黛玉葬花”的照片的时候，是万料不到黛玉的眼睛如此之凸，嘴唇如此之厚的。我以为她该是一副瘦削的痨病脸，现在才知道她有些福相，也像一个麻姑。然而只要一看那些继起的模仿者们的拟天女照相，都像小孩子穿了新衣服，拘束得怪可怜的苦相，也就会立刻悟出梅兰芳君之所以永久之故了，其眼睛和嘴唇，盖出于不得已，即此也就足以证明中国人实有审美的眼睛。

印度的诗圣泰戈尔先生光临中国之际，像一大瓶好香水似的很熏上了几位先生们以文气和玄气，然而够到陪坐祝寿的程度的却只有一位梅兰芳君：两国的艺术家的握手。待到这位老诗人改姓换名，化为“竺震旦”，离开了近于他的理想境的这震旦之后，震旦诗贤头上的印度帽也不大看见了，报章上也很少记他的消息，而装饰这近于理想境的震旦者，也仍旧只有那巍然地挂在照相馆玻璃窗里的一张“天女散花图”或“黛玉葬花图”。

唯有这一位“艺术家”的艺术，在中国是永久的。

我所见的外国名伶美人的照相并不多，男扮女的照相没有见过，别的名人的照相见过几十张。托尔斯泰，伊孛生，罗丹都老了，尼采一脸凶相，勖本华尔一脸苦相，淮尔特穿上他那审美的衣装的时候，已经有点呆相了，而罗曼罗兰似乎带点怪气，戈尔基又简直像一个流氓。虽说都可以看出悲哀和苦斗的痕迹来罢，但总不如天女的“好”得明明白白。假使吴昌硕翁的刻印章也算雕刻家，加以作画的润格如是之贵，则在中国确是一位艺术家了，但他的照相我们看不见。林琴南翁负了那么大的文名，而天下也似乎不甚有热心于“识荆”的人，我虽然曾在一个药房的仿单上见过他的玉照，但那是代表了他的“如夫人”函谢丸药的功效，所以印上的，并不因为他的文章。更就用了“引车卖浆者流”的文字来做文章的诸君而言，南亭亭长我佛山人往矣，且从略；近来则虽是奋战忿斗，做了这许多作品的如创造社诸君子，也不过印过很小的一张三人的合照，而且是铜板而已。

我们中国的最伟大最永久的艺术是男人扮女人。

异性大抵相爱。太监只能使别人放心，决没有人爱他，因为他是无性了，——假使我用了这“无”字还不算什么语病。然而也就可见虽然最难放心，但是最可贵的是男人扮女人了，因为从两性看来，都近于异性，男人看见“扮女人”，女人看见“男人扮”，所以这就永远挂在照相馆的玻璃窗里，挂在国民的心中。外国没有这样的完全的艺术家，所以只好任凭那些捏锤凿，调采色，弄墨水的人们跋扈。

我们中国的最伟大最永久，而且最普遍的艺术也就是男人扮女人。

一九二四年十一月十一日

论“他妈的”

无论是谁，只要在中国过活，便总得常听到“他妈的”或其相类的口头禅。我想：这话的分布，大概就跟着中国人足迹之所至罢；使用的遍数，怕也未必比客气的“您好呀”会更少。假使依或人所说，牡丹是中国的“国花”，那么，这就可以算是中国的“国骂”了。

我生长于浙江之东，就是西滢先生之所谓“某籍”。那地方通行的“国骂”却颇简单：专一以“妈”为限，决不牵涉余人。后来稍游各地，才始惊异于国骂之博大而精微：上溯祖宗，旁连姊妹，下递子孙，普及同性，真是“犹河汉而无极也”。而且，不特用于人，也以施之兽。前年，曾见一辆煤车的只轮陷入很深的辙迹里，车夫便愤然跳下，出死力打那拉车的骡子道：“你姊姊的！你姊姊的！”

别的国度里怎样，我不知道。单知道诺威人 Hamsun 有一本小说叫《饥饿》，粗野的口吻是很多的，但我并不见这一类话。Gorky 所写的小说中多无赖汉，就我所看过的而言，也没有这骂法。唯独 Artzybashev 在《工人绥惠略夫》里，却使无抵抗主义者亚拉借夫骂了一句“你妈的”。但其时他已经决计为爱而牺牲了，使我们也失却笑他自相矛盾的勇气。这骂的翻译，在中国原极容易的，别国却似乎为难，德文译本作“我使用过你的妈”，日文译本作“你的妈是我的母狗”。这实在太费解，——由我的眼光看起来。

那么，俄国也有这类骂法的了，但因为究竟没有中国似的精博，所以光荣还得归到这边来。好在这究竟又并非什么大光荣，所以他们大约未必抗议；也不如“赤化”之可怕，中国的阔人，名人，高人，也不至于骇死的。但是，虽在中国，说的也独有所谓“下等人”，例如“车夫”之类，至于有身份的上等人，例如“士大夫”之类，则决不出之于口，更何况笔之于书。“予生也晚”，赶不上周朝，未为大夫，也没有做士，本可以放笔直干的，然而终于改头换面，从“国骂”上削去一个动词和一个名词，又改对称为第三人称者，恐怕还因为到底未曾拉车，因而也就不免“有点贵族气味”之故。那用途，既然只限于一部分，似乎又有些不能算作“国骂”了；但也不然，阔人所赏识的牡丹，下等人又何尝以为“花之富贵者也”？

这“他妈的”的由来以及始于何代，我也不明白。经史上所见骂人的话，无非是“役夫”“奴”“死公”；较厉害的，有“老狗”“貉子”；更厉害，涉及先代的，也不外乎“而母婢也”“赘阉遗丑”罢了！还没见过什么“妈的”怎样，虽然也许是士大夫讳而不录。但《广弘明集》（七）记北魏邢子才“以为妇人不可保。谓元景曰，‘卿何必姓王？’元景变色。子才曰，‘我亦何必姓邢；能保五世耶？’”则颇有可以推见消息的地方。

晋朝已经是大重门第，重到过度了；华胄世业，子弟便易于得官；即使是一个酒囊饭袋，也还是不失为清品。北方疆土虽失于拓跋氏，士人却更其发狂似的讲究阀阅，区别等第，守护极严。庶民中纵有俊才，也不能和大姓比并。至于大姓，实不过承祖宗余荫，以旧业骄人，空腹高心，当然使人不耐。但士流既然用祖宗做护符，被压迫的庶民自然也就将他们的祖宗当作仇敌。邢子才的话虽然说不定是否出于愤激，但对于躲在门第下的男女，却确是一个致命的重伤。势位声气，本来仅靠了“祖宗”这唯一的护符而存，“祖宗”倘一被毁，便什么都倒败了。这是倚赖“余荫”的必得的果报。

同一的意思，但没有邢子才的文才，而直出于“下等人”之口的，就是：“他妈的！”

要攻击高门大族的坚固的旧堡垒，却去瞄准他的血统，在战略上，真可谓奇谲的了。最先发明这一句“他妈的”的人物，确要算一个天才，——然而是一个卑劣的天才。

唐以后，自夸族望的风气渐渐消除；到了金元，已奉夷狄为帝王，自不妨拜屠沽做卿士，“等”的上下本该从此有些难定了，但偏还有人想辛辛苦苦地爬进“上等”去。刘时中的曲子里说：“堪笑这没见识街市匹夫，好打那好顽劣。江湖伴侣，旋将表德官名相体呼，声音多厮称，字样不寻俗。听我一个个细数：粜米的唤子良；卖肉的呼仲甫……开张卖饭的呼君宝；磨面登罗底叫德夫：何足云乎？！”（《乐府新编阳春白雪》三）这就是那时的暴发户的丑态。

“下等人”还未暴发之先，自然大抵有许多“他妈的”在嘴上，但一遇机会，偶窃一位，略识几字，便即文雅起来：雅号也有了；身份也高了；家谱也修了，还要寻一个始祖，不是名儒便是名臣。从此化为“上等人”，也如上等前辈一样，言行都很温文尔雅。然而愚民究竟也有聪明的，早已看穿了这鬼把戏，所以又有俗谚，说：“口上仁义礼智，心里男盗女娼！”他们是很明白的。

于是他们反抗了，曰：“他妈的！”

但人们不能蔑弃扫荡人我的余泽和旧荫，而硬要去做别人的祖宗，无论如何，总是卑劣的事。有时，也或加暴力于所谓“他妈的”的生命上，但大概是乘机，而不是造运会，所以无论如何，也还是卑劣的事。

中国人至今还有无数“等”，还是依赖门第，还是倚仗祖宗。倘不改造，即永远有无声的或有声的“国骂”。就是“他妈的”，围绕在上下和四旁，而且这还须在太平的时候。

但偶尔也有例外的用法：或表惊异，或表感服。我曾在家乡看见乡农父子一同午饭，儿子指一碗菜向他父亲说：“这不坏，妈的你尝尝看！”那父亲回答道：“我不要吃。妈的你吃去罢！”则简直已经醇化为现在时行的“我的亲爱的”的意思了。

一九二五年七月十九日

从帮忙到扯淡

“帮闲文学”曾经算是一个恶毒的贬辞，——但其实是误解的。

《诗经》是后来的一部经，但春秋时代，其中的有几篇就用之于侑酒；屈原是“楚辞”的开山老祖，而他的《离骚》，却只是不得帮忙的不平。到得宋玉，就现有的作品看起来，他已经毫无不平，是一位纯粹的清客了。然而《诗经》是经，也是伟大的文学作品；屈原宋玉，在文学史上还是重要的作家。为什么呢？——就因为他究竟有文采。

中国的开国的雄主，是把“帮忙”和“帮闲”分开来的，前者参与国家大事，作为重臣，后者却不过叫他献诗作赋，“俳优蓄之”，只在弄臣之例。不满于后者的待遇的是司马相如，他常常称病，不到武帝面前去献殷勤，却暗暗地做了关于封禅的文章，藏在家里，以见他也有计画大典——帮忙的本领，可惜等到大家知道的时候，他已经“寿终正寝”了。然而虽然并未实际上参与封禅的大典，司马相如在文学史上也还是很重要的作家。为什么呢？就因为他究竟有文采。

但到文雅的庸主时，“帮忙”和“帮闲”的可就混起来了，所谓国家的柱石，也常是柔媚的词臣，我们在南朝的几个末代时，可以找出这实例。然而主虽然“庸”，却不“陋”，所以那些帮闲者，文采却究竟还有的，他们的作品，有些也至今不灭。

谁说“帮闲文学”是一个恶毒的贬辞呢？

就是权门的清客，他也得会下几盘棋，写一笔字，画画儿，识古董，懂得些猜拳行令，打趣插科，这才能不失其为清客。也就是说，清客，还要有清客的本领的，虽然是有骨气者所不屑为，却又非搭空架者所能企及。例如李渔的《一家言》，袁枚的《随园诗话》，就不是每个帮闲都做得出来的。必须有帮闲之志，又有帮闲之才，这才是真正的帮闲。如果有其志而无其才，乱点古书，重抄笑话，吹拍名士，拉扯趣闻，而居然不顾脸皮，大摆架子，反自以为得意，——自然也还有人以为有趣，——但按其实，却不过“扯淡”而已。

帮闲的盛世是帮忙，到末代就只剩了这扯淡。

六月六日

新秋杂识

门外的有限的一方泥地上，有两队蚂蚁在打仗。

童话作家爱罗先珂的名字，现在是已经从读者的记忆上渐渐淡下去了，此时我却记起了他的一种奇异的忧愁。他在北京时，曾经认真地告诉我说：我害怕，不知道将来会不会有人发明一种方法，只要怎么一来，就能使人们都成为打仗的机器的。

其实是这方法早经发明了，不过较为烦难，不能“怎么一来”就完事。我们只要看外国为儿童而做的书籍，玩具，常常以指教武器为大宗，就知道这正是制造打仗机器的设备，制造是必须从天真烂漫的孩子们入手的。

不但人们，连昆虫也知道。蚂蚁中有一种武士蚁，自己不造窠，不求食，一生的事业，是专在攻击别种蚂蚁，掠取幼虫，使成奴隶，给它服役的。但奇怪的是它决不掠取成虫，因为已经难施教化。它所掠取的一定只限于幼虫和蛹，使在盗窟里长大，毫不记得先前，永远是愚忠的奴隶，不但服役，每当武士蚁出去劫掠的时候，它还跟在一起，帮着搬运那些被侵略的同族的幼虫和蛹去了。

但在人类，却不能这么简单地造成一律。这就是人之所以为“万物之灵”。

然而制造者也决不放手。孩子长大，不但失掉天真，还变得呆头呆脑，是我们时时看见的。经济的雕敝，使出版界不肯印行大部的学术文艺书籍，不是教科书，便是儿童书，黄河决口似的向孩子们滚过去。但那里面讲的是什么呢？要将我们的孩子们造成什么东西呢？却还没有看见战斗的批评家论及，似乎已经不大有人注意将来了。

反战会议的消息不很在日报上看到，可见打仗也还是中国人的嗜好，给它一个冷淡，正是违反了我们的嗜好的证明。自然，仗是要打的，跟着武士蚁去搬运败者的幼虫，也还不失为一种为奴的胜利。但是，人究竟是“万物之灵”，这样那里能就够。仗自然是要打的，要打掉制造打仗机器的蚁冢，打掉毒害小儿的药饵，打掉陷没将来的阴谋：这才是人的战士的任务。

八月二十八日

新秋杂识（二）

八月三十日的夜里，远远近近，都突然劈劈拍拍起来，一时来不及细想，以为“抵抗”又开头了，不久就明白了那是放爆竹，这才定了心。接着又想：大约又是什么节气了罢？……待到第二天看报纸，才知道原来昨夜是月蚀，那些劈劈拍拍，就是我们的同胞，异胞（我们虽然大家自称为黄帝子孙，但蚩尤的子孙想必也未尝死绝，所以谓之“异胞”）在示威，要将月亮从天狗嘴里救出。

再前几天，夜里也很热闹。街头巷尾，处处摆着桌子，上面有面食，西瓜；西瓜上面叮着苍蝇，青虫，蚊子之类，还有一桌和尚，口中念念有词：“回猪猡普米呀吽！唵呀吽！吽！！”这是在放焰口，施饿鬼。到了盂兰盆节了，饿鬼和非饿鬼，都从阴间跑出，来看上海这大世面，善男信女们就在这时尽地主之谊，托和尚“唵呀吽”地弹出几粒白米去，请它们都饱饱地吃一通。

我是一个俗人，向来不大注意什么天上和阴间的，但每当这些时候，却也不能不感到我们的还在人间的同胞们和异胞们的思虑之高超和妥帖。别的不必说，就在这不到两整年中，大则四省，小则九岛，都已变了旗色了，不久还有八岛。不但救不胜救，即使想要救罢，一开口，说不定自己就危险（这两句，印后成了“于势也有所未能”）。所以最妥当是救月亮，那怕爆竹放得震天价响，天狗决不至于来咬，月亮里的酋长（假如有酋长的话）也不会出来禁止，目为反动的。救人也一样，兵灾，旱灾，蝗灾，水灾……灾民们不计其数，幸而暂免于灾殃的小民，又怎么能有一个救法？那自然远不如救魂灵，事省功多，和大人先生的打醮造塔同其功德。这就是所谓“人无远虑，必有近忧”；而“君子务其大者远者”，亦此之谓也。

而况“庖人虽不治庖，尸祝不越尊俎而代之”，也是古圣贤的明训，国事有治国者在，小民是用不着吵闹的。不过历来的圣帝明王，可又并不卑视小民，倒给予了更高超的自由和权利，就是听你专门去救宇宙和魂灵。这是太平的根基，从古至今，相沿不废，将来想必也不至先便废。记得那是去年的事了，沪战初停，日兵渐渐地走上兵船和退进营房里面去，有一夜也是这么劈劈拍拍起来，时候还在“长期抵抗”中，日本人又不明白我们的国粹，以为又是第几路军前来收复失地了，立刻放哨，出兵……乱烘烘地闹了一通，才知道我们是在救月亮，他们是在见鬼。“哦哦！成程（Naruhodo＝原来如此）！”惊叹和佩服之余，于是恢复了平和的原状。今年呢，连哨也没有放，大约是已被中国的精神文明感化了。

现在的侵略者和压制者，还有像古代的暴君一样，竟连奴才们的发昏和做梦也不准的么？……

八月三十一日

新秋杂识（三）

“秋来了！”

秋真是来了，晴的白天还好，夜里穿着洋布衫就觉得凉飕飕。报章上满是关于“秋”的大小文章：迎秋，悲秋，哀秋，责秋……为了趋时，也想这么的做一点，然而总是做不出。我想，就是想要“悲秋”之类，恐怕也要福气的，实在令人羡慕得很。

记得幼小时，有父母爱护着我的时候，最有趣的是生点小毛病，大病却生不得，既痛苦，又危险的。生了小病，懒懒地躺在床上，有些悲凉，又有些娇气，小苦而微甜，实在好像秋的诗境。呜呼哀哉，自从流落江湖以来，灵感卷逃，连小病也不生了。偶然看看文学家的名文，说是秋花为之惨容，大海为之沉默云云，只是愈加感到自己的麻木。我就从来没有见过秋花为了我在悲哀，忽然变了颜色；只要有风，大海是总在呼啸的，不管我爱闹还是爱静。

冰莹女士的佳作告诉我们：“晨是学科学的，但在这一刹那，完全忘掉了他的志趣，存在他脑海中的只有一个尽量地享受自然美景的目的。”这也是一种福气。科学我学得很浅，只读过一本生物学教科书，但是，它那些教训，花是植物的生殖机关呀，虫鸣鸟啭，是在求偶呀之类，就完全忘不掉了。昨夜闲逛荒场，听到蟋蟀在野菊花下鸣叫，觉得好像是美景，诗兴勃发，就作了两句新诗——

野菊的生殖器下面，

蟋蟀在吊膀子。

写出来一看，虽然比粗人们所唱的俚歌要高雅一些，而对于新诗人的由“烟士披离纯”而来的诗，还是“相形见绌”。写得太科学，太真实，就不雅了，如果改作旧诗，也许不至于这样。生殖机关，用严又陵先生译法，可以谓之“性官”；“吊膀子”呢，我自己就不懂那语源，但据老于上海者说，这是因西洋人的男女挽臂同行而来的，引伸为诱惑或追求异性的意思。吊者，挂也，亦即相挟持。那么，我的诗就译出来了——

野菊性官下，

鸣蛩在悬肘。

虽然很有些费解，但似乎也雅得多，也就是好得多。人们不懂，所以雅，也就是所以好，现在也还是一个做文豪的秘诀呀。质之“新诗人”邵洵美先生之流，不知以为何如？

九月十四日

“醉眼”中的朦胧

旧历和新历的今年似乎于上海的文艺家们特别有着刺激力，接连的两个新正一过，期刊便纷纷而出了。他们大抵将全力用尽在伟大或尊严的名目上，不惜将内容压杀。连产生了不止一年的刊物，也显出拼命的挣扎和突变来。作者呢，有几个是初见的名字，有许多却还是看熟的，虽然有时觉得有些生疏，但那是因为停笔了一年半载的缘故。他们先前在做什么，为什么今年一齐动笔了？说起来怕话长。要而言之，就因为先前可以不动笔，现在却只好来动笔，仍如旧日的无聊的文人，文人的无聊一模一样。这是有意识或无意识地，大家都有些自觉的，所以总要向读者声明“将来”：不是“出国”“进研究室”，便是“取得民众”。功业不在目前，一旦回国，出室，得民之后，那可是非同小可了。自然，倘有远识的人，小心的人，怕事的人，投机的人，最好是此刻预致“革命的敬礼”。一到将来，就要“悔之晚矣”了。

然而各种刊物，无论措辞怎样不同，都有一个共通之点，就是：有些朦胧。这朦胧的发祥地，由我看来，——虽然是冯乃超的所谓“醉眼陶然”——也还在那有人爱，也有人憎的官僚和军阀。和他们已有瓜葛，或想有瓜葛的，笔下便往往笑迷迷，向大家表示和气；然而有远见，梦中又害怕铁锤和镰刀，因此也不敢分明恭维现在的主子，于是在这里留着一点朦胧。和他们瓜葛已断，或则并无瓜葛，走向大众去的，本可以毫无顾忌地说话了，但笔下即使雄纠纠，对大家显英雄，会忘却了他们的指挥刀的傻子是究竟不多的，这里也就留着一点朦胧。于是想要朦胧而终于透漏色彩的，想显色彩而终于不免朦胧的，便都在同地同时出现了。

其实朦胧也不关怎样紧要。便在最革命的国度里，文艺方面也何尝不带些朦胧。然而革命者决不怕批判自己，他知道得很清楚，他们敢于明言。唯有中国特别，知道跟着人称托尔斯泰为“卑污的说教人”了，而对于中国“目前的情状”，却只觉得在“事实上，社会各方面亦正受着乌云密布的势力的支配”，连他的“剥去政府的暴力，裁判行政的喜剧的假面”的勇气的几分之一也没有；知道人道主义不彻底了，但当“杀人如草不闻声”的时候，连人道主义式的抗争也没有。剥去和抗争，也不过是“咬文嚼字”，并非“直接行动”。我并不希望做文章的人去直接行动，我知道做文章的人是大概只能做文章的。

可惜略迟了一点，创造社前年招股本，去年请律师，今年才揭起“革命文学”的旗子，复活的批评家成仿吾总算离开守护“艺术之宫”的职掌，要去“获得大众”，并且给革命文学家“保障最后的胜利”了。这飞跃也可以说是必然的。弄文艺的人们大抵敏感，时时也感到，而且防着自己的没落，如漂浮在大海里一般，拼命向各处抓攫。二十世纪以来的表现主义，踏踏主义，什么什么主义的此兴彼衰，便是这透露的消息。现在则已是大时代，动摇的时代，转换的时代，中国以外，阶级的对立大抵已经十分锐利化，农工大众日日显得着重，倘要将自己从没落救出，当然应该向他们去了。何况“呜呼！小资产阶级原有两个灵魂。……”虽然也可以向资产阶级去，但也能够向无产阶级去的呢。

这类事情，中国还在萌芽，所以见得新奇，须做《从文学革命到革命文学》那样的大题目，但在工业发达，贫富悬隔的国度里，却已是平常的事情。或者因为看准了将来的天下，是劳动者的天下，跑过去了；或者因为倘帮强者，宁帮弱者，跑过去了；或者两样都有，错综地作用着，跑过去了。也可以说，或者因为恐怖，或者因为良心。成仿吾教人克服小资产阶级根性，拉“大众”来作“给与”和“维持”的材料，文章完了，却正留下一个不小的问题：

倘若难于“保障最后的胜利”，你去不去呢？

这实在还不如在成仿吾的祝贺之下，也从今年产生的《文化批判》上的李初梨的文章，索性主张无产阶级文学，但无须无产者自己来写；无论出身是什么阶级，无论所处是什么环境，只要“以无产阶级的意识，产生出来的一种斗争的文学”就是，直截爽快得多了。但他一看见“以趣味为中心”的可恶的“语丝派”的人名就不免曲折，仍旧“要问甘人君，鲁迅是第几阶级的人？”

我的阶级已由成仿吾判定：“他们所矜持的是‘闲暇，闲暇，第三个闲暇’；他们是代表着有闲的资产阶级，或者睡在鼓里的小资产阶级。……如果北京的乌烟瘴气不用十万两无烟火药炸开的时候，他们也许永远这样过活的罢。”

我们的批判者才将创造社的功业写出，加以“否定的否定”，要去“获得大众”的时候，便已梦想“十万两无烟火药”，并且似乎要将我挤进“资产阶级”去（因为“有闲就是有钱”云），我倒颇也觉得危险了。后来看见李初梨说：“我以为一个作家，不管他是第一第二……第百第千阶级的人，他都可以参加无产阶级文学运动；不过我们先要审察他们的动机。……”这才有些放心，但可虑的是对于我仍然要问阶级。“有闲便是有钱”；倘使无钱，该是第四阶级，可以“参加无产阶级文学运动”了罢，但我知道那时又要问“动机”。总之，最要紧是“获得无产阶级的阶级意识”，——这回可不能只是“获得大众”便算完事了。横竖缠不清，最好还是让李初梨去“由艺术的武器到武器的艺术”，让成仿吾去坐在半租界里积蓄“十万两无烟火药”，我自己是照旧讲“趣味”。

那成仿吾的“闲暇，闲暇，第三个闲暇”的切齿之声，在我是觉得有趣的。因为我记得曾有人批评我的小说，说是“第一个是冷静，第二个是冷静，第三个还是冷静”，“冷静”并不算好批判，但不知怎的竟像一板斧劈着了这位革命的批评家的记忆中枢似的，从此“闲暇”也有三个了。倘有四个，连《小说旧闻钞》也不写，或者只有两个，见得比较地忙，也许可以不至于被“奥伏赫变”（“除掉”的意思，Aufheben的创造派的译音，但我不解何以要译得这么难写，在第四阶级，一定比照描一个原文难）罢，所可惜的是偏偏是三个。但先前所定的不“努力表现自己”之罪，大约总该也和成仿吾的“否定的否定”，一同勾销了。

创造派“为革命而文学”，所以仍旧要文学，文学是现在最紧要的一点，因为将“由艺术的武器，到武器的艺术”，一到“武器的艺术”的时候，便正如“由批判的武器，到用武器的批判”的时候一般，世界上有先例，“徘徊者变成同意者，反对者变成徘徊者”了。

但即刻又有一点不小的问题：为什么不就到“武器的艺术”呢？

这也很像“有产者差来的苏秦的游说”。但当现在“无产者未曾从有产者意识解放以前”，这问题是总须起来的，不尽是资产阶级的退兵或反攻的毒计。因为这极彻底而勇猛的主张，同时即含有可疑的萌芽了。那解答只好是这样：

因为那边正有“武器的艺术”，所以这边只能“艺术的武器”。

这艺术的武器，实在不过是不得已，是从无抵抗的幻影脱出，坠入纸战斗的新梦里去了。但革命的艺术家，也只能以此维持自己的勇气，他只能这样。倘他牺牲了他的艺术，去使理论成为事实，就要怕不成其为革命的艺术家。因此必然的应该坐在无产阶级的阵营中，等待“武器的铁和火”出现。这出现之际，同时拿出“武器的艺术”来。倘那时铁和火的革命者已有一个“闲暇”，能静听他们自叙的功勋，那也就成为一样的战士了。最后的胜利。然而文艺还是批判不清的，因为社会有许多层，有先进国的史实在；要取目前的例，则《文化批判》已经拖住Upton Sinclair，《创造月刊》也背了Vigny在“开步走”了。

倘使那时不说“不革命便是反革命”，革命的迟滞是“语丝派”之所为，给人家扫地也还可以得到半块面包吃，我便将于八时间工作之暇，坐在黑房里，续抄我的《小说旧闻钞》，有几国的文艺也还是要谈的，因为我喜欢。所怕的只是成仿吾们真像符拉特弥尔·伊力支一般，居然“获得大众”；那么，他们大约更要飞跃又飞跃，连我也会升到贵族或皇帝阶级里，至少也总得充军到北极圈内去了。译著的书都禁止，自然不待言。

不远总有一个大时代要到来。现在创造派的革命文学家和无产阶级作家虽然不得已而玩着“艺术的武器”，而有着“武器的艺术”的非革命武学家也玩起这玩意儿来了，有几种笑迷迷的期刊便是这。他们自己也不大相信手里的“武器的艺术”了罢。那么，这一种最高的艺术——“武器的艺术”现在究竟落在谁的手里了呢？只要寻得到，便知道中国的最近的将来。

二月二十三日

黄花节的杂感

黄花节将近了，必须做一点所谓文章。但对于这一个题目的文章，叫我做起来，实在近于先前的在考场里“对空策”。因为，——说出来自己也惭愧，——黄花节这三个字，我自然明白它是什么意思的；然而战死在黄花冈头的战士们呢，不但姓名，连人数也不知道。

为寻些材料，好发议论起见，只得查《辞源》。书里面有是有的，可不过是：

> 黄花冈。地名，在广东省城北门外白云山之麓。清宣统三年三月二十九日，革命党数十人，攻袭督署，不成而死，丛葬于此。

轻描淡写，和我所知道的差不多，于我并不能有所裨益。

我又愿意知道一点十七年前的三月二十九日的情形，但一时也找不到目击耳闻的耆老。从别的地方——如北京，南京，我的故乡——的例子推想起来，当时大概有若干人痛惜，若干人快意，若干人没有什么意见，若干人当作酒后茶余的谈助罢。接着便将被人们忘却。久受压制的人们，被压制时只能忍苦，幸而解放了便只知道作乐，悲壮剧是不能久留在记忆里的。

但是三月二十九日的事却特别，当时虽然失败，十月就是武昌起义，第二年，中华民国便出现了。于是这些失败的战士，当时也就成为革命成功的先驱，悲壮剧刚要收场，又添上一个团圆剧的结束。这于我们是很可庆幸的，我想，在纪念黄花节的时候便可以看出。

我还没有亲自遇见过黄花节的纪念，因为久在北方。不过，中山先生的纪念日却遇见过了：在学校里，晚上来看演剧的特别多，连凳子也踏破了几条，非常热闹。用这例子来推断，那么，黄花节也一定该是极其热闹的罢。

当三月十二日的那天晚上，我在热闹场中，便深深地更感得革命家的伟大。我想，恋爱成功的时候，一个爱人死掉了，只能给生存的那一个以悲哀。然而革命成功的时候，革命家死掉了，却能每年给生存的大家以热闹，甚而至于欢欣鼓舞。唯独革命家，无论他生或死，都能给大家以幸福。同是爱，结果却有这样的不同，正无怪现在的青年，很有许多感到恋爱和革命的冲突的苦闷。

以上的所谓“革命成功”，是指暂时的事而言；其实是“革命尚未成功”的。革命无止境，倘使世上真有什么“止于至善”，这人间世便同时变了凝固的东西了。不过，中国经了许多战士的精神和血肉的培养，却的确长出了一点先前所没有的幸福的花果来，也还有逐渐生长的希望。倘若不像有，那是因为继续培养的人们少，而赏玩，攀折这花，摘食这果实的人们倒是太多的缘故。

我并非说，大家都须天天去痛哭流涕，以凭吊先烈的“在天之灵”，一年中有一天记起他们也就可以了。但就广东的现在而论，我却觉得大家对于节日的办法，还须改良一点。黄花节很热闹，热闹一天自然也好；热闹得疲劳了，回去就好好地睡一觉。然而第二天，元气恢复了，就该加工做一天自己该做的工作。这当然是劳苦的，但总比枪弹从致命的地方穿过去要好得多；何况这也算是在培养幸福的花果，为着后来的人们呢。

三月二十四日夜

谣言世家

双十佳节，有一位文学家大名汤增敭先生的，在《时事新报》上给我们讲光复时候的杭州的故事。他说那时杭州杀掉许多驻防的旗人，辨别的方法，是因为旗人叫“九”为“钩”的，所以要他说“九百九十九”，一露马脚，刀就砍下去了。

这固然是颇武勇，也颇有趣的。但是，可惜是谣言。

中国人里，杭州人是比较的文弱的人。当钱大王治世的时候，人民被刮得衣裤全无，只用一片瓦掩着下部，然而还要追捐，除被打得麑一般叫之外，并无贰话。不过这出于宋人的笔记，是谣言也说不定的。但宋明的末代皇帝，带着没落的阔人，和暮气一同滔滔地逃到杭州来，却是事实，苟延残喘，要大家有刚决的气魄，难不难。到现在，西子湖边还多是摇摇摆摆的雅人；连流氓也少有浙东似的“白刀子进红刀子出”的打架。自然，倘有军阀做着后盾，那是也会格外的撒泼的，不过当时实在并无敢于杀人的风气，也没有乐于杀人的人们。我们只要看举了老成持重的汤蛰仙先生做都督，就可以知道是不会流血的了。

不过战事是有的。革命军围住旗营，开枪打进去，里面也有时打出来。然而围得并不紧，我有一个熟人，白天在外面逛，晚上却自进旗营睡觉去了。

虽然如此，驻防军也终于被击溃，旗人降服了，房屋被充公是有的，却并没有杀戮。口粮当然取消，各人自寻生计，开初倒还好，后来就遭灾。

怎么会遭灾的呢？就是发生了谣言。

杭州的旗人一向优游于西子湖边，秀气所钟，是聪明的，他们知道没有了粮，只好做生意，于是卖糕的也有，卖小菜的也有。杭州人是客气的，并不歧视，生意也还不坏。然而祖传的谣言起来了，说是旗人所卖的东西，里面都藏着毒药。这一下子就使汉人避之唯恐不远，但倒是怕旗人来毒自己，并不是自己想去害旗人。结果是他们所卖的糕饼小菜，毫无生意，只得在路边出卖那些不能下毒的家具。家具一完，途穷路绝，就一败涂地了。这是杭州驻防旗人的收场。

笑里可以有刀，自称酷爱和平的人民，也会有杀人不见血的武器，那就是造谣言。但一面害人，一面也害己，弄得彼此懵懵懂懂。古时候无须提起了，即在近五十年来，甲午战败，就说是李鸿章害的，因为他儿子是日本的驸马，骂了他小半世；庚子拳变，又说洋鬼子是挖眼睛的，因为造药水，就乱杀了一大通。下毒学说起于辛亥光复之际的杭州，而复活于近来排日的时候。我还记得每有一回谣言，就总有谁被诬为下毒的奸细，给谁平白打死了。

谣言世家的子弟，是以谣言杀人，也以谣言被杀的。

至于用数目来辨别汉满之法，我在杭州倒听说是出于湖北的荆州的，就是要他们数一二三四，数到“六”字，读作上声，便杀却。但杭州离荆州太远了，这还是一种谣言也难说。

我有时也不大能够分清那句是谣言，那句是真话了。

十月十三日

诗和预言

预言总是诗，而诗人大半是预言家。然而预言不过诗而已，诗却往往比预言还灵。

例如辛亥革命的时候，忽然发现了：

“手执钢刀九十九，杀尽胡儿方罢手。”

这几句《推背图》里的预言，就不过是“诗”罢了。那时候，何尝只有九十九把钢刀？还是洋枪大炮来得厉害：该着洋枪大炮的后来毕竟占了上风，而只有钢刀的却吃了大亏。况且当时的“胡儿”，不但并未“杀尽”，而且还受了优待，以至于现在还有“伪”溥仪出风头的日子。所以当作预言看，这几句歌诀其实并没有应验。——死板地照着这类预言去干，往往要碰壁，好比前些时候，有人特别打了九十九把钢刀，去送给前线的战士，结果，只不过在古北口等处流流血，给人证明国难的不可抗性。——倒不如把这种预言歌诀当作“诗”看，还可以“以意逆志，自谓得之”。

至于诗里面，却的确有着极深刻的预言。我们要找预言，与其读《推背图》，不如读诗人的诗集。也许这个年头又是应当发现什么的时候了罢，居然找着了这么几句：

此辈封狼从瘈狗，生平猎人如猎兽。

万人一怒不可回，会看太白悬其首。

（汪精卫著《双照楼诗词稿》：译嚣俄之《共和二年之战士》）

这怎么叫人不“拍案叫绝”呢？这里“封狼从瘈狗”，自己明明是畜生，却偏偏把人当作畜生看待：畜生打猎，而人反而被猎！“万人”的愤怒的确是不可挽回的了。嚣俄这诗，是说的一七九三年（法国第一共和二年）的帝制党，他没有料到一百四十年之后还会有这样的应验。

汪先生译这几首诗的时候，不见得会想到二三十年之后中国已经是白话的世界。现在，懂得这种文言诗的人越发少了，这很可惜。然而预言的妙处，正在似懂非懂之间，叫人在事情完全应验之后，方才“恍然大悟”。这所谓“天机不可泄漏也”。

七月二十日

晨凉漫记

关于张献忠的传说，中国各处都有，可见是大家都很以他为奇特的，我先前也便是很以他为奇特的人们中的一个。

儿时见过一本书，叫作《无双谱》，是清初人之作，取历史上极特别无二的人物，各画一像，一面题些诗，但坏人好像是没有的。因此我后来想到可以择历来极其特别，而其实是代表着中国人性质之一种的人物，做一部中国的“人史”，如英国嘉勒尔的《英雄及英雄崇拜》，美国亚懋生的《伟人论》那样。唯须好坏俱有，有啮雪苦节的苏武，舍身求法的玄奘，有“鞠躬尽瘁，死而后已”的孔明，但也有呆信古法，“死而后已”的王莽，有半当真半取笑的变法的王安石；张献忠当然也在内。但现在是毫没有动笔的意思了。

《蜀碧》一类的书，记张献忠杀人的事颇详细，但也颇散漫，令人看去仿佛他是像“为艺术而艺术”的一样，专在“为杀人而杀人”了。他其实是别有目的的。他开初并不很杀人，他何尝不想做皇帝。后来知道李自成进了北京，接着是清兵入关，自己只剩了没落这一条路，于是就开手杀，杀……他分明地感到，天下已没有自己的东西，现在是在毁坏别人的东西了，这和有些末代的风雅皇帝，在死前烧掉了祖宗或自己所搜集的书籍古董宝贝之类的心情，完全一样。他还有兵，而没有古董之类，所以就杀，杀，杀人，杀……

但他还要维持兵，这实在不过是维持杀。他杀得没有平民了，就派许多较为心腹的人到兵们中间去，设法窃听，偶有怨言，即跃出执之，戮其全家（他的兵像是有家眷的，也许就是掳来的妇女）。以杀治兵，用兵来杀，自己是完了，但要这样地达到一同灭亡的末路。我们对于别人的或公共的东西，不是也不很爱惜的么？

所以张献忠的举动，一看虽然似乎古怪，其实是极平常的。古怪的倒是那些被杀的人们，怎么会总是束手伸颈地等他杀，一定要清朝的肃王来射死他，这才作为奴才而得救，而还说这是前定，就是所谓“吹箫不用竹，一箭贯当胸”。但我想，这预言诗是后人造出来的，我们不知道那时的人们真是怎么想。

七月二十八日

文学上的折扣

有一种无聊小报，以登载诬蔑一部分人的小说自鸣得意，连姓名也都给以影射的，忽然对于投稿，说是“如含攻讦个人或团体性质者恕不揭载”了，便不禁想到了一些事——

凡我所遇见的研究中国文学的外国人中，往往不满于中国文章之夸大。这真是虽然研究中国文学，恐怕到死也还不会懂得中国文学的外国人。倘是我们中国人，则只要看过几百篇文章，见过十来个所谓“文学家”的行径，又不是刚刚“从民间来”的老实青年，就决不会上当。因为我们惯熟了，恰如钱店伙计的看见钞票一般，知道什么是通行的，什么是该打折扣的，什么是废票，简直要不得。

譬如说罢，称赞贵相是“两耳垂肩”，这时我们便至少将他打一个对折，觉得比通常也许大一点，可是决不相信他的耳朵像猪猡一样。说愁是“白发三千丈”，这时我们便至少将他打一个二万扣，以为也许有七八尺，但决不相信它会盘在顶上像一个大草囤。这种尺寸，虽然有些模糊，不过总不至于相差太远。反之，我们也能将少的增多，无的化有，例如戏台上走出四个拿刀的瘦伶仃的小戏子，我们就知道这是十万精兵；刊物上登载一篇俨乎其然的像煞有介事的文章，我们就知道字里行间还有看不见的鬼把戏。

又反之，我们并且能将有的化无，例如什么“枕戈待旦”呀，“卧薪尝胆”呀，“尽忠报国”呀，我们也就即刻会看成白纸，恰如还未定影的照片，遇到了日光一般。

但这些文章，我们有时也还看。苏东坡贬黄州时，无聊之至，有客来，便要他谈鬼。客说没有。东坡道：“你姑且胡说一通罢。”我们的看，也不过这意思。但又可知道社会上有这样的东西，是费去了多少无聊的眼力。人们往往以为打牌，跳舞有害，实则这种文章的害还要大，因为一不小心，就会给它教成后天的低能儿的。

《颂》诗早已拍马，《春秋》已经隐瞒，战国时谈士蜂起，不是以危言耸听，就是以美词动听，于是夸大，装腔，撒谎，层出不穷。现在的文人虽然改著了洋服，而骨髓里却还埋着老祖宗，所以必须取消或折扣，这才显出几分真实。

“文学家”倘不用事实来证明他已经改变了他的夸大，装腔，撒谎……的老脾气，则即使对天立誓，说是从此要十分正经，否则天诛地灭，也还是徒劳的。因为我们也早已看惯了许多家都钉着“假冒王麻子灭门三代”的金漆牌子的了，又何况他连小尾巴也还在摇摇摇呢。

三月十二日

“连环图画”辩护

我自己曾经有过这样一个小小的经验。有一天，在一处筵席上，我随便地说：用活动电影来教学生，一定比教员的讲义好，将来恐怕要变成这样的。话还没有说完，就埋葬在一阵哄笑里了。

自然，这话里，是埋伏着许多问题的，例如，首先第一，是用的是怎样的电影，倘用美国式的发财结婚故事的影片，那当然不行。但在我自己，却的确另外听过采用影片的细菌学讲义，见过全部照相，只有几句说明的植物学书。所以我深信不但生物学，就是历史地理，也可以这样办。

然而许多人的随便的哄笑，是一支白粉笔，它能够将粉涂在对手的鼻子上，使他的话好像小丑的打诨。

前几天，我在《现代》上看见苏汶先生的文章，他以中立的文艺论者的立场，将“连环图画”一笔抹杀了。自然，那不过是随便提起的，并非讨论绘画的专门文字，然而在青年艺术学徒的心中，也许是一个重要的问题，所以我再来说几句。

我们看惯了绘画史的插图上，没有“连环图画”，名人的作品的展览会上，不是“罗马夕照”，就是“西湖晚凉”，便以为那是一种下等物事，不足以登“大雅之堂”的。但若走进意大利的教皇宫——我没有游历意大利的幸福，所走进的自然只是纸上的教皇宫——去，就能看见凡有伟大的壁画，几乎都是《旧约》《耶稣传》《圣者传》的连环图画，艺术史家截取其中的一段，印在书上，题之曰《亚当的创造》《最后之晚餐》，读者就不觉得这是下等，这在宣传了，然而那原画，却明明是宣传的连环图画。

在东方也一样。印度的阿强陀石窟，经英国人摹印了壁画以后，在艺术史上发光了；中国的《孔子圣迹图》，只要是明版的，也早为收藏家所宝重。这两样，一是佛陀的本生，一是孔子的事迹，明明是连环图画，而且是宣传。

书籍的插画，原意是在装饰书籍，增加读者的兴趣的，但那力量，能补助文字之所不及，所以也是一种宣传画。这种画的幅数极多的时候，即能只靠图像，悟到文字的内容，和文字一分开，也就成了独立的连环图画。最显著的例子是法国的陀莱（Gustave Doré），他是插图版画的名家，最有名的是《神曲》《失乐园》《吉诃德先生》，还有《十字军记》的插画，德国都有单印本（前二种在日本也有印本），只靠略解，即可以知道本书的梗概。然而有谁说陀莱不是艺术家呢？

宋人的《唐风图》和《耕织图》，现在还可找到印本和石刻；至于仇英的《飞燕外传图》和《会真记图》，则翻印本就在文明书局发卖的。凡这些，也都是当时和现在的艺术品。

自十九世纪后半以来，版画复兴了，许多作家，往往喜欢刻印一些以几幅画汇成一帖的“连作”（Blattfolge）。这些连作，也有并非一个事件的。现在为青年的艺术学徒计，我想写出几个版画史上已经有了地位的作家和有连续事实的作品在下面：

首先应该举出来的是德国的珂勒惠支（Käthe Kollwitz）夫人。她除了为霍普德曼的《织匠》（Die Weber）而刻的六幅版画外，还有三种，有题目，无说明——

一，《农民斗争》（Bauernkrieg），金属版七幅；

二，《战争》（Der Krieg），木刻七幅；

三，《无产者》（Proletariat），木刻三幅。

以《士敏土》的版画，为中国所知道的梅斐尔德（Carl Meffert），是一个新进的青年作家，他曾为德译本斐格纳尔的《猎俄皇记》（Die Jagd nach Zaren von Wera Figner）刻过五幅木版图，又有两种连作——

一，《你的姊妹》（Deine Schwester），木刻七幅，题诗一幅；

二，《养护的门徒》（原名未详），木刻十三幅。

比国有一个麦绥莱勒（Frans Masereel），是欧洲大战时候，像罗曼罗兰一样，因为非战而逃出过外国的。他的作品最多，都是一本书，只有书名，连小题目也没有。现在德国印出了普及版（Bei Kurt Wolff, München），每本三马克半，容易到手了。我所见过的是这几种——

一，《理想》（Die Idee），木刻八十三幅；

二，《我的祷告》（Mein Stundenbuch），木刻一百六十五幅；

三，《没字的故事》（Geschichte ohne Worte），木刻六十幅；

四，《太阳》（Die Sonne），木刻六十三幅；

五，《工作》（Das Werk），木刻，幅数失记；

六，《一个人的受难》（Die Passion eines Menschen），木刻二十五幅。

美国作家的作品，我曾见过希该尔木刻的《巴黎公社》（The Paris Commune, A Story in Pictures by William Siegel），是纽约的约翰李特社（John Reed Club）出版的。还有一本石版的格罗沛尔（W. Gropper）所画的书，据赵景深教授说，是“马戏的故事”，另译起来，恐怕要“信而不顺”，只好将原名照抄在下面——

《Alay-Oop》（Life and Love Among the Acrobats.）

英国的作家我不大知道，因为那作品定价贵。但曾经有一本小书，只有十五幅木刻和不到二百字的说明，作者是有名的吉宾斯（Robert Gibbings），限印五百部，英国绅士是死也不肯重印的，现在恐怕已将绝版，每本要数十元了罢。那书是——

《第七人》（The 7th Man）。

以上，我的意思是总算举出事实，证明了连环图画不但可以成为艺术，并且已经坐在“艺术之宫”的里面了。至于这也和其他的文艺一样，要有好的内容和技术，那是不消说得的。

我并不劝青年的艺术学徒蔑弃大幅的油画或水彩画，但是希望一样看重并且努力于连环图画和书报的插图；自然应该研究欧洲名家的作品，但也更注意于中国旧书上的绣像和画本，以及新的单张的花纸。这些研究和由此而来的创作，自然没有现在的所谓大作家的受着有些人们的照例的叹赏，然而我敢相信：对于这，大众是要看的，大众是感激的！

十月二十五日

论“赴难”和“逃难”

——寄《涛声》编辑的一封信

编辑先生：

我常常看《涛声》，也常常叫“快哉”！但这回见了周木斋先生那篇《骂人与自骂》，其中说北平的大学生“即使不能赴难，最低最低的限度也应不逃难”，而致慨于五四运动时代式锋芒之销尽，却使我如骨鲠在喉，不能不说几句话。因为我是和周先生的主张正相反，以为“倘不能赴难，就应该逃难”，属于“逃难党”的。

周先生在文章的末尾，“疑心是北京改为北平的应验”，我想，一半是对的。那时的北京，还挂着“共和”的假面，学生嚷嚷还不妨事；那时的执政，是昨天上海市十八团体为他开了“上海各界欢迎段公芝老大会”的段祺瑞先生，他虽然是武人，却还没有看过《莫索理尼传》。然而，你瞧，来了呀。有一回，对着请愿的学生毕毕剥剥地开枪了，兵们最爱瞄准的是女学生，这用精神分析学来解释，是说得过去的，尤其是剪发的女学生，这用整顿风俗的学说来解说，也是说得过去的。总之是死了一些“莘莘学子”。然而还可以开追悼会；还可以游行过执政府之门，大叫“打倒段祺瑞”。为什么呢？因为这时又还挂着“共和”的假面。然而，你瞧，又来了呀。现为党国大教授的陈源先生，在《现代评论》上哀悼死掉的学生，说可惜他们为几个卢布送了性命；《语丝》反对了几句，现为党国要人的唐有壬先生在《晶报》上发表一封信，说这些言动是受莫斯科的命令的。这实在已经有了北平气味了。

后来，北伐成功了，北京属于党国，学生们就都到了进研究室的时代，五四式是不对了。为什么呢？因为这是很容易为“反动派”所利用的。为了矫正这种坏脾气，我们的政府，军人，学者，文豪，警察，侦探，实在费了不少的苦心。用诰谕，用刀枪，用书报，用煅炼，用逮捕，用拷问，直到去年请愿之徒，死的都是“自行失足落水”，连追悼会也不开的时候为止，这才显出了新教育的效果。

倘使日本人不再攻榆关，我想，天下是太平了的，“必先安内而后可以攘外”。但可恨的是外患来得太快一点，太繁一点，日本人太不为中国诸公设想之故也，而且也因此引起了周先生的责难。

看周先生的主张，似乎最好是“赴难”。不过，这是难的。倘使早先有了组织，经过训练，前线的军人力战之后，人员缺少了，副司令下令召集，那自然应该去的。无奈据去年的事实，则连火车也不能白坐，而况平日所学的又是债权论，土耳其文学史，最小公倍数之类。去打日本，一定打不过的。大学生们曾经和中国的兵警打过架，但是“自行失足落水”了，现在中国的兵警尚且不抵抗，大学生能抵抗么？我们虽然也看见过许多慷慨激昂的诗，什么用死尸堵住敌人的炮口呀，用热血胶住倭奴的刀枪呀，但是，先生，这是“诗”呵！事实并不这样的，死得比蚂蚁还不如，炮口也堵不住，刀枪也胶不住。孔子曰：“以不教民战，是谓弃之。”我并不全拜服孔老夫子，不过觉得这话是对的，我也正是反对大学生“赴难”的一个。

那么，“不逃难”怎样呢？我也是完全反对。自然，现在是“敌人未到”的，但假使一到，大学生们将赤手空拳，骂贼而死呢，还是躲在屋里，以图幸免呢？我想，还是前一着堂皇些，将来也可以有一本烈士传。不过于大局依然无补，无论是一个或十万个，至多，也只能又向“国联”报告一声罢了。去年十九路军的某某英雄怎样杀敌，大家说得眉飞色舞，因此忘却了全线退出一百里的大事情，可是中国其实还是输了的。而况大学生们连武器也没有。现在中国的新闻上大登“满洲国”的虐政，说是不准私藏军器，但我们大中华民国人民来藏一件护身的东西试试看，也会家破人亡，——先生，这是很容易“为反动派所利用”的呵。

施以狮虎式的教育，他们就能用爪牙，施以牛羊式的教育，他们到万分危急时还会用一对可怜的角。然而我们所施的是什么式的教育呢，连小小的角也不能有，则大难临头，唯有兔子似的逃跑而已。自然，就是逃也不见得安稳，谁都说不出那里是安稳之处来，因为到处繁殖了猎狗，诗曰：“趯趯毚兔，遇犬获之”，此之谓也。然则三十六计，固仍以“走”为上计耳。

总之，我的意见是：我们不可看得大学生太高，也不可责备他们太重，中国是不能专靠大学生的；大学生逃了之后，却应该想想此后怎样才可以不至于单是逃，脱出诗境，踏上实地去。

但不知先生以为何如？能给在《涛声》上发表，以备一说否？谨听裁择，并请

文安。

罗怃顿首。

一月二十八夜

再：顷闻十来天之前，北平有学生五十多人因开会被捕，可见不逃的还有，然而罪名是“借口抗日，意图反动”，又可见虽“敌人未到”，也大以“逃难”为是也。

二十九日补记

第三编 言智

打听印象

五四运动以后，好像中国人就发生了一种新脾气，是：倘有外国的名人或阔人新到，就喜欢打听他对于中国的印象。

罗素到中国讲学，急进的青年们开会欢宴，打听印象。罗素道：“你们待我这么好，就是要说坏话，也不好说了。”急进的青年愤愤然，以为他滑头。

萧伯纳周游过中国，上海的记者群集访问，又打听印象。萧道：“我有什么意见，与你们都不相干。假如我是个武人，杀死个十万条人命，你们才会尊重我的意见。”革命家和非革命家都愤愤然，以为他刻薄。

这回是瑞典的卡尔亲王到上海了，记者先生也发表了他的印象：“……足迹所经，均蒙当地官民殷勤招待，感激之余，异常愉快。今次游览观感所得，对于贵国政府及国民，有极度良好之印象，而永远不能磨灭者也。”这最稳妥，我想，是不至于招出什么是非来的。

其实是，罗萧两位，也还不算滑头和刻薄的，假如有这么一个外国人，遇见有人问他印象时，他先反问道：“先生你对于自己中国的印象怎么样？”那可真是一篇难以下笔的文章。

我们是生长在中国的，倘有所感，自然不能算“印象”；但意见也好；而意见又怎么说呢？说我们像浑水里的鱼，活得糊里糊涂，莫名其妙罢，不像意见。说中国好得很罢，恐怕也难。这就是爱国者所悲痛的所谓“失掉了国民的自信”，然而实在也好像失掉了，向各人打听印象，就恰如求签问卜，自己心里先自狐疑着了的缘故。

我们里面，发表意见的固然也有的，但常见的是无拳无勇，未曾“杀死十万条人命”，倒是自称“小百姓”的人，所以那意见也无人“尊重”，也就是和大家“不相干”。至于有位有势的大人物，则在野时候，也许是很急进的罢，但现在呢，一声不响，中国“待我这么好，就是要说坏话，也不好说了”。看当时欢宴罗素，而愤愤于他那答话的由新潮社而发迹的诸公的现在，实在令人觉得罗素并非滑头，倒是一个先知的讽刺家，将十年后的心思预先说去了。

这是我的印象，也算一篇拟答案，是从外国人的嘴上抄来的。

九月二十日

双十怀古

小　引

要做“双十”的循例的文章，首先必须找材料。找法有二，或从脑子里，或从书本中。我用的是后一法。但是，翻完“描写字典”，里面无之；觅遍“文章作法”，其中也没有。幸而“吉人自有天相”，竟在破纸堆里寻出一卷东西来，是中华民国十九年十月三日到十日的上海各种大报小报的拔萃。去今已经整整的三个年头了，剪贴着做什么用的呢，自己已经记不清；莫非就给我今天做材料的么，一定未必是。但是，“废物利用”——既经检出，就抄些目录在这里罢。不过为节省篇幅计，不再注明广告、记事、电报之分，也略去了报纸的名目，因为那些文字，大抵是各报都有的。

看了什么用呢？倒也说不出。倘若一定要我说，那就说是譬如看自己三年前的照相罢。

十月三日

江湾赛马。

中国红十字会筹募湖南辽西各省急振。

中央军克陈留。

辽宁方面筹组副司令部。

礼县土匪屠城。

六岁女孩受孕。

辛博森伤势沉重。

汪精卫到太原。

卢兴邦接洽投诚。

加派师旅入赣剿共。

裁厘展至明年一月。

墨西哥拒侨胞，五十六名返国。

墨索里尼提倡艺术。

谭延闿轶事。

战士社代社员征婚。

十月四日

齐天大舞台始创杰构积极改进《西游记》，准中秋节开幕。

前进的，民族主义的，唯一的，文艺刊物《前锋月刊》创刊号准双十节出版。

空军将再炸邕。

剿匪声中一趣史。

十月五日

蒋主席电国府请大赦政治犯。

程艳秋登台盛况。

卫乐园之保证金。

十月六日

樊迪文讲演小记。

诸君阅至此，请虔颂南无阿弥陀佛……

大家错了，中秋是本月六日。

查封赵戴文财产问题。

鄂省党部祝贺克复许汴。

取缔民间妄用党国旗。

十月七日

响应政府之廉洁运动。

津浦全线将通车。

平津党部行将恢复。

法轮殴毙栈伙交涉。

王士珍举殡记。

冯阎部下全解体。

湖北来凤苗放双穗。

冤魂为厉，未婚夫索命。

鬼击人背。

十月八日

闽省战事仍烈。

八路军封锁柳州交通。

安德思考古队自蒙古返北平。

国货时装展览。

哄动南洋之萧信庵案。

学校当注重国文论。

追记郑州飞机劫。

谭宅挽联择尤录。

汪精卫突然失踪。

十月九日

西北军已解体。

外部发表英退庚款换文。

京卫戍部枪决人犯。

辛博森渐有起色。

国货时装展览。

上海空前未有之跳舞游艺大会。

十月十日

举国欢腾庆祝双十。

叛逆削平，全国欢祝国庆，蒋主席昨凯旋参与盛典。

津浦路暂仍分段通车。

首都枪决共犯九名。

林埭被匪洗劫。

老陈圩匪祸惨酷。

海盗骚扰丰利。

程艳秋庆祝国庆。

蒋丽霞不忘双十。

南昌市取缔赤足。

伤兵怒斥孙祖基。

今年之双十节，可欣可贺，尤甚从前。

结　语

我也说“今年之双十节，可欣可贺，尤甚从前”罢。

十月一日

附记：这一篇没有能够刊出，大约是被谁抽去了的，盖双十盛典，“伤今”固难，“怀古”也不易了。

十月十三日

重三感旧

——一九三三年忆光绪朝末

我想赞美几句一些过去的人，这恐怕并不是“骸骨的迷恋”。

所谓过去的人，是指光绪末年的所谓“新党”，民国初年，就叫他们“老新党”。甲午战败，他们自以为觉悟了，于是要“维新”，便是三四十岁的中年人，也看《学算笔谈》，看《化学鉴原》；还要学英文，学日文，硬着舌头，怪声怪气地朗诵着，对人毫无愧色，那目的是要看“洋书”，看洋书的缘故是要给中国图“富强”，现在的旧书摊上，还偶有“富强丛书”出现，就如目下的“描写字典”“基本英语”一样，正是那时应运而生的东西。连八股出身的张之洞，他托缪荃孙代做的《书目答问》也竭力添进各种译本去，可见这“维新”风潮之烈了。

然而现在是别一种现象了。有些新青年，境遇正和“老新党”相反，八股毒是丝毫没有染过的，出身又是学校，也并非国学的专家，但是，学起篆字来了，填起词来了，劝人看《庄子》《文选》了，信封也有自刻的印板了，新诗也写成方块了，除掉做新诗的嗜好之外，简直就如光绪初年的雅人一样，所不同者，缺少辫子和有时穿穿洋服而已。

近来有一句常谈，是“旧瓶不能装新酒”。这其实是不确的。旧瓶可以装新酒，新瓶也可以装旧酒，倘若不信，将一瓶五加皮和一瓶白兰地互换起来试试看，五加皮装在白兰地瓶子里，也还是五加皮。这一种简单的试验，不但明示着“五更调”“攒十字”的格调，也可以放进新的内容去，且又证实了新式青年的躯壳里，大可以埋伏下“桐城谬种”或“选学妖孽”的喽啰。

“老新党”们的见识虽然浅陋，但是有一个目的：图富强。所以他们坚决，切实；学洋话虽然怪声怪气，但是有一个目的：求富强之术。所以他们认真，热心。待到排满学说播布开来，许多人就成为革命党了，还是因为要给中国图富强，而以为此事必自排满始。

排满久已成功，五四早经过去，于是篆字，词，《庄子》，《文选》，古式信封，方块新诗，现在是我们又有了新的企图，要以“古雅”立足于天地之间了。假使真能立足，那倒是给“生存竞争”添一条新例的。

十月一日

送灶日漫笔

坐听着远远近近的爆竹声，知道灶君先生们都在陆续上天，向玉皇大帝讲他的东家的坏话去了，但是他大概终于没有讲，否则，中国人一定比现在要更倒霉。

灶君升天的那日，街上还卖着一种糖，有柑子那么大小，在我们那里也有这东西，然而扁的，像一个厚厚的小烙饼。那就是所谓“胶牙饧”了。本意是在请灶君吃了，粘住他的牙，使他不能调嘴学舌，对玉帝说坏话。我们中国人意中的神鬼，似乎比活人要老实些，所以对鬼神要用这样的强硬手段，而于活人却只好请吃饭。

今之君子往往讳言吃饭，尤其是请吃饭。那自然是无足怪的，的确不大好听。只是北京的饭店那么多，饭局那么多，莫非都在食蛤蜊，谈风月，“酒酣耳热而歌呜呜”么？不尽然的，的确也有许多“公论”从这些地方播种，只因为公论和请帖之间看不出蛛丝马迹，所以议论便堂哉皇哉了。但我的意见，却以为还是酒后的公论有情。人非木石，岂能一味谈理，碍于情面而偏过去了，在这里正有着人气息。况且中国是一向重情面的。何谓情面？明朝就有人解释过，曰：“情面者，面情之谓也。”自然不知道他说什么，但也就可以懂得他说什么。在现今的世上，要有不偏不倚的公论，本来是一种梦想；即使是饭后的公评，酒后的宏议，也何尝不可姑妄听之呢。然而，倘以为那是真正老牌的公论，却一定上当，——但这也不能独归罪于公论家，社会上风行请吃饭而讳言请吃饭，使人们不得不虚假，那自然也应该分任其咎的。

记得好几年前，是“兵谏”之后，有枪阶级专喜欢在天津会议的时候，有一个青年愤愤地告诉我道：他们那里是会议呢，在酒席上，在赌桌上，带着说几句就决定了。他就是受了“公论不发源于酒饭说”之骗的一个，所以永远是愤然，殊不知他那理想中的情形，怕要到二九二五年才会出现呢，或者竟许到三九二五年。

然而不以酒饭为重的老实人，却是的确也有的，要不然，中国自然还要坏。有些会议，从午后二时起，讨论问题，研究章程，此问彼难，风起云涌，一直到七八点，大家就无端觉得有些焦躁不安，脾气愈大了，议论愈纠纷了，章程愈渺茫了，虽说我们到讨论完毕后才散罢，但终于一哄而散，无结果。这就是轻视了吃饭的报应，六七点钟时分的焦躁不安，就是肚子对于本身和别人的警告，而大家误信了吃饭与讲公理无关的妖言，毫不瞅睬，所以肚子就使你演说也没精采，宣言也——连草稿都没有。

但我并不说凡有一点事情，总得到什么太平湖饭店，撷英番菜馆之类里去开大宴；我于那些店里都没有股本，犯不上替他们来拉主顾，人们也不见得都有这么多的钱。我不过说，发议论和请吃饭，现在还是有关系的；请吃饭之于发议论，现在也还是有益处的；虽然，这也是人情之常，无足深怪的。

顺便还要给热心而老实的青年们进一个忠告，就是没酒没饭的开会，时候不要开得太长，倘若时候已晚了，那么，买几个烧饼来吃了再说。这么一办，总可以比空着肚子的讨论容易有结果，容易得收场。

胶牙饧的强硬办法，用在灶君身上我不管它怎样，用之于活人是不大好的。倘是活人，莫妙于给他醉饱一次，使他自己不开口，却不是胶住他。中国人对人的手段颇高明，对鬼神却总有些特别，二十三夜的捉弄灶君即其一例，但说起来也奇怪，灶君竟至于到了现在，还仿佛没有省悟似的。

道士们的对付“三尸神”，可是更厉害了。我也没有做过道士，详细是不知道的，但据“耳食之言”，则道士们以为人身中有三尸神，到有一日，便乘人熟睡时，偷偷地上天去奏本身的过恶。这实在是人体本身中的奸细，《封神传演义》常说的“三尸神暴躁，七窍生烟”的三尸神，也就是这东西。但据说要抵制他却不难，因为他上天的日子是有一定规律的，只要这一日不睡觉，他便无隙可乘，只好将过恶都放在肚子里，再看明年的机会了。连胶牙饧都没得吃，他实在比灶君还不幸，值得同情。

三尸神不上天，罪状都放在肚子里；灶君虽上天，满嘴是糖，在玉皇大帝面前含含糊糊地说了一通，又下来了。对于下界的情形，玉皇大帝一点也听不懂，一点也不知道，于是我们今年当然还是一切照旧，天下太平。

我们中国人对于鬼神也有这样的手段。

我们中国人虽然敬信鬼神；却以为鬼神总比人们傻，所以就用了特别的方法来处治他。至于对人，那自然是不同的了，但还是用了特别的方法来处治，只是不肯说；你一说，据说你就是卑视了他了。诚然，自以为看穿了的话，有时也的确反不免于浅薄。

二月五日

外国也有

凡中国所有的，外国也都有。

外国人说中国多臭虫，但西洋也有臭虫；日本人笑中国人好弄文字，但日本人也一样地弄文字。不抵抗的有甘地；禁打外人的有希特拉；狄昆希吸鸦片；陀思妥夫斯基赌得发昏。斯惠夫德带枷，马克斯反动。林白大佐的儿子，就给绑匪绑去了。而裹脚和高跟鞋，相差也不见得有多么远。

只有外国人说我们不问公益，只知自利，爱金钱，却还是没法辩解。民国以来，有过许多总统和阔官了，下野之后，都是面团团的，或赋诗，或看戏，或念佛，吃着不尽，真也好像给批评者以证据。不料今天却被我发见了：外国也有的！

> 十七日哈伐那电——避居加拿大之古巴前总统麦查度……在古巴之产业，计值八百万美元，凡能对渠担保收回此项财产者，无论何人，渠愿与以援助。又一消息，谓古巴政府已对麦及其旧僚属三十八人下逮捕令，并扣押渠等之财产，其数达二千五百万美元。……

以三十八人之多，而财产一共只有这区区二千五百万美元，手段虽不能谓之高，但有些近乎发财却总是确凿的，这已足为我们的“上峰”雪耻。

不过我还希望他们在外国买有地皮，在外国银行里另有存款，那么，我们和外人折冲樽俎的时候，就更加振振有辞了。

假使世界上只有一家有臭虫，而遭别人指摘的时候，实在也不大舒服的，但捉起来却也真费事。况且北京有一种学说，说臭虫是捉不得的，越捉越多。即使捉尽了，又有什么价值呢，不过是一种消极的办法。最好还是希望别家也有臭虫，而竟发见了就更好。发见，这是积极的事业。哥仑布与爱迪生，也不过有了发见或发明而已。

与其劳心劳力，不如玩跳舞，喝咖啡。外国也有的，巴黎就有许多跳舞场和咖啡店。

即使连中国都不见了，也何必大惊小怪呢，君不闻迦勒底与马基顿乎？——外国也有的！

十月十九日

登龙术拾遗

章克标先生做过一部《文坛登龙术》，因为是预约的，而自己总是悠悠忽忽，竟失去了拜诵的幸运，只在《论语》上见过广告，解题和后记。但是，这真不知是那里来的“烟士披里纯”，解题的开头第一段，就有了绝妙的名文——

> 登龙是可以当作乘龙解的，于是登龙术便成了乘龙的技术，那是和骑马驾车相类似的东西了。但平常乘龙就是女婿的意思，文坛似非女性，也不致于会要招女婿，那么这样解释似乎也有引起别人误会的危险。……

确实，查看广告上的目录，并没有“做女婿”这一门，然而这却不能不说是“智者千虑”的一失，似乎该有一点增补才好，因为文坛虽然“不致于会要招女婿”，但女婿却是会要上文坛的。

术曰：要登文坛，须阔太太，遗产必需，官司莫怕。穷小子想爬上文坛去，有时虽然会侥幸，终究是很费力气的；做些随笔或茶话之类，或者也能够捞几文钱，但究竟随人俯仰。最好是有富岳家，有阔太太，用赔嫁钱，作文学资本，笑骂随他笑骂，恶作我自印之。“作品”一出，头衔自来，赘婿虽能被妇家所轻，但一登文坛，即声价十倍，太太也就高兴，不至于自打麻将，连眼梢也一动不动了，这就是“交相为用”。但其为文人也，又必须是唯美派，试看王尔德遗照，盘花钮扣，镶牙手杖，何等漂亮，人见犹怜，而况令阃。可惜他的太太不行，以至滥交顽童，穷死异国，假如有钱，何至于此。所以倘欲登龙，也要乘龙，“书中自有黄金屋”，早成古话，现在是“金中自有文学家”当令了。

但也可以从文坛上去做女婿。其术是时时留心，寻一个家里有些钱，而自己能写几句“啊呀呀，我悲哀呀”的女士，做文章登报，尊之为“女诗人”。待到看得她有了“知己之感”，就照电影上那样的屈一膝跪下，说道“我的生命呵，啊呀呀，我悲哀呀！”——则由登龙而乘龙，又由乘龙而更登龙，十分美满。然而富女诗人未必一定爱穷男文士，所以要有把握也很难，这一法，在这里只算是《登龙术拾遗》的附录，请勿轻用为幸。

八月二十八日

赌　咒

“天诛地灭，男盗女娼”——是中国人赌咒的经典，几乎像诗云子曰一样。现在的宣誓，“誓杀敌，誓死抵抗，誓……”似乎不用这种成语了。

但是，赌咒的实质还是一样，总之是信不得。他明知道天不见得来诛他，地也不见得来灭他，现在连人参都“科学化地”含起电气来了，难道“天地”还不科学化么！至于男盗和女娼，那是非但无害，而且有益：男盗——可以多刮几层地皮，女娼——可以多弄几个“裙带官儿”的位置。

我的老朋友说：你这个“盗”和“娼”的解释都不是古义。我回答说——你知道现在是什么时代！现在是盗也摩登，娼也摩登，所以赌咒也摩登，变成宣誓了。

二月九日

由聋而哑

医生告诉我们：有许多哑子，是并非喉舌不能说话的，只因为从小就耳朵聋，听不见大人的言语，无可师法，就以为谁也不过张着口呜呜哑哑，他自然也只好呜呜哑哑了。所以勃兰兑斯叹丹麦文学的衰微时，曾经说：文学的创作，几乎完全死灭了。人间的或社会的无论怎样的问题，都不能提起感兴，或则除在新闻和杂志之外，决不能惹起一点论争。我们看不见强烈的独创的创作。加以对于获得外国的精神生活的事，现在几乎绝对的不加顾及。于是精神上的“聋”，那结果，就也招致了“哑”来。（《十九世纪文学的主潮》第一卷自序）

这几句话，也可以移来批评中国的文艺界，这现象，并不能全归罪于压迫者的压迫，五四运动时代的启蒙运动者和以后的反对者，都应该分负责任的。前者急于事功，竟没有译出什么有价值的书籍来，后者则故意迁怒，至骂翻译者为媒婆，有些青年更推波助澜，有一时期，还至于连人地名下注一原文，以便读者参考时，也就诋之曰“衒学”。

今竟何如？三开间店面的书铺，四马路上还不算少，但那里面满架是薄薄的小本子，倘要寻一部巨册，真如披沙拣金之难。自然，生得又高又胖并不就是伟人，做得多而且繁也决不就是名著，而况还有“剪贴”。但是，小小的一本“什么 ABC”里，却也决不能包罗一切学术文艺的。一道浊流，固然不如一杯清水的干净而澄明，但蒸溜了浊流的一部分，却就有许多杯净水在。

因为多年买空卖空的结果，文界就荒凉了，文章的形式虽然比较的整齐起来，但战斗的精神却较前有退无进。文人虽因捐班或互捧，很快地成名，但为了出力地吹，壳子大了，里面反显得更加空洞。于是误认这空虚为寂寞，像煞有介事地说给读者们；其甚者还至于摆出他心的腐烂来，算是一种内面的宝贝。散文，在文苑中算是成功的，但试看今年的选本，便是前三名，也即令人有“貂不足，狗尾续”之感。用秕谷来养青年，是决不会壮大的，将来的成就，且要更渺小，那模样，可看尼采所描写的“末人”。

但绍介国外思潮，翻译世界名作，凡是运输精神的粮食的航路，现在几乎都被聋哑的制造者们堵塞了，连洋人走狗，富户赘郎，也会来哼哼地冷笑一下。他们要掩住青年的耳朵，使之由聋而哑，枯涸渺小，成为“末人”，非弄到大家只能看富家儿和小瘪三所卖的春宫，不肯罢手。甘为泥土的作者和译者的奋斗，是已经到了万不可缓的时候了，这就是竭力运输些切实的精神的粮食，放在青年们的周围，一面将那些聋哑的制造者送回黑洞和朱门里面去。

八月二十九日

伸　冤

李顿报告书采用了中国人自己发明的“国际合作以开发中国的计划”，这是值得感谢的，——最近南京市各界的电报已经“谨代表京市七十万民众敬致慰念之忱”，称他“不仅为中国好友，且为世界和平及人道正义之保障者”（三月一日南京中央社电）了。

然而李顿也应当感谢中国才好：第一，假使中国没有“国际合作学说”，李顿爵士就很难找着适当的措辞来表示他的意思。岂非共管没有了学理上的根据？第二，李顿爵士自己说的：“南京本可欢迎日本之扶助以拒共产潮流”，他就更应当对于中国当局的这种苦心孤诣表示诚恳的敬意。

但是，李顿爵士最近在巴黎的演说（路透社二月二十日巴黎电），却提出了两个问题，一个是：“中国前途，似系于如何，何时及何人对于如此伟大人力予以国家意识的统一力量，日内瓦乎，莫斯科乎？”还有一个是：“中国现在倾向日内瓦，但若日本坚持其现行政策，而日内瓦失败，则中国纵非所愿，亦将变更其倾向矣。”这两个问题都有点儿侮辱中国的国家人格。国家者政府也。李顿说中国还没有“国家意识的统一力量”，甚至于还会变更其对于日内瓦之倾向！这岂不是不相信中国国家对于国联的忠心，对于日本的苦心？

为着中国国家的尊严和民族的光荣起见，我们要想答复李顿爵士已经好多天了，只是没有相当的文件。这使人苦闷得很。今天突然在报纸上发见了一件宝贝，可以拿来答复李大人：这就是“汉口警部三月一日的布告”。这里可以找着“铁一样的事实”，来反驳李大人的怀疑。

例如这布告（原文见《申报》三月一日汉口专电）说：“在外资下劳力之劳工，如劳资间有未解决之正当问题，应禀请我主管机关代表为交涉或救济，绝对不得直接交涉，违者拿办，或受人利用，故意以此种手段，构成严重事态者，处死刑。”这是说外国资本家遇见“劳资间有未解决之正当问题”，可以直接任意办理，而劳工方面如此这般者……就要处死刑。这样一来，我们中国就只剩得“用国家意识统一了的”劳工了。因为凡是违背这“意识”的，都要请他离开中国的“国家”——到阴间去。李大人难道还能够说中国当局不是“国家意识的统一力量”么？

再则统一这个“统一力量”的，当然是日内瓦，而不是莫斯科。“中国现在倾向日内瓦”，——这是李顿大人自己说的。我们这种倾向十二万分的坚定，例如那布告上也说：“如有奸民流痞受人诱买勾串，或直受驱使，或假托名义，以图破坏秩序安宁，与构成其他不利于我国家社会之重大犯行者，杀无赦。”这是保障“日内瓦倾向”的坚决手段，所谓“虽流血亦所不辞”。而且“日内瓦”是讲世界和平的，因此，中国两年以来都没有抵抗，因为抵抗就要破坏和平；直到一二八，中国也不过装出挡挡炸弹枪炮的姿势；最近的热河事变，中国方面也同样的尽在“缩短阵线”。不但如此，中国方面埋头剿匪，已经宣誓在一两个月内肃清匪共，“暂时”不管热河。这一切都是要证明“日本……见中国南方共产潮流渐起，为之焦虑”是不必的，日本很可以无须亲自出马。中国方面这样辛苦地忍耐地工作着，无非是为着要感动日本，使它悔悟，达到远东永久和平的目的，国际资本可以在这里分工合作。而李顿爵士要还怀疑中国会“变更其倾向”，这就未免太冤枉了。

总之，“处死刑，杀无赦”，是回答李顿爵士的怀疑的历史文件。请放心罢，请扶助罢。

三月七日

一点比喻

在我的故乡不大通行吃羊肉，阖城里，每天大约不过杀几匹山羊。北京真是人海，情形可大不相同了，单是羊肉铺就触目皆是。雪白的群羊也常常满街走，但都是胡羊，在我们那里称绵羊的。山羊很少见；听说这在北京却颇名贵了，因为比胡羊聪明，能够率领羊群，悉依它的进止，所以畜牧家虽然偶尔养几匹，却只用作胡羊们的领导，并不杀掉它。

这样的山羊我只见过一回，确是走在一群胡羊的前面，脖子上还挂着一个小铃铎，作为智识阶级的徽章。通常，领的赶的却多是牧人，胡羊们便成了一长串，挨挨挤挤，浩浩荡荡，凝着柔顺有余的眼色，跟定他匆匆地竞奔它们的前程。我看见这种认真的忙迫的情形时，心里总想开口向它们发一句愚不可及的疑问——

"往那里去？！"

人群中也很有这样的山羊，能领了群众稳妥平静地走去，直到他们应该走到的所在。袁世凯明白一点这种事，可惜用得不大巧，大概因为他是不很读书的，所以也就难于熟悉运用那些的奥妙。后来的武人可更蠢了，只会自己乱打乱割，乱得哀号之声，洋洋盈耳，结果是除了残虐百姓之外，还加上轻视学问，荒废教育的恶名。然而"经一事，长一智"，二十世纪已过了四分之一，脖子上挂着小铃铎的聪明人是总要交到红运的，虽然现在表面上还不免有些小挫折。

那时候，人们，尤其是青年，就都循规蹈矩，既不嚣张，也不浮动，一心向着“正路”前进了，只要没有人问——

“往那里去？！”

君子若曰：“羊总是羊，不成了一长串顺从地走，还有什么别的法子呢？君不见夫猪乎？拖延着，逃着，喊着，奔突着，终于也还是被捉到非去不可的地方去，那些暴动，不过是空费力气而已矣。”

这是说：虽死也应该如羊，使天下太平，彼此省力。

这计划当然是很妥帖，大可佩服的。然而，君不见夫野猪乎？它以两个牙，使老猎人也不免于退避。这牙，只要猪脱出了牧豕奴所造的猪圈，走入山野，不久就会长出来。

Schopenhauer先生曾将绅士们比作豪猪，我想，这实在有些失体统。但在他，自然是并没有什么别的恶意的，不过拉扯来作一个比喻。《Parerga und Paralipomena》里有着这样意思的话：有一群豪猪，在冬天想用了大家的体温来御寒冷，紧靠起来了，但它们彼此即刻又觉得刺的疼痛，于是乎又离开。然而温暖的必要，再使它们靠近时，却又吃了照样的苦。但它们在这两种困难中，终于发见了彼此之间的适宜的间隔，以这距离，它们能够过得最平安。人们因为社交的要求，聚在一处，又因为各有可厌的许多性质和难堪的缺陷，再使他们分离。他们最后所发见的距离，——使他们得以聚在一处的中庸的距离，就是“礼让”和“上流的风习”。有不守这距离的，在英国就这样叫，“Keep your distance！”

但即使这样叫，恐怕也只能在豪猪和豪猪之间才有效力罢，因为它们彼此的守着距离，原因是在于痛而不在于叫的。假使豪猪们中夹着一个别的，并没有刺，则无论怎么叫，它们总还是挤过来。孔子说：礼不下庶人。照现在的情形看，该是并非庶人不得接近豪猪，却是豪猪可以任意刺着庶人而取得温暖。受伤是当然要受伤的，但这也只能怪你自己独独没有刺，不足以让他守定适当的距离。孔子又说：刑不上大夫。这就又难怪人们的要做绅士。

这些豪猪们，自然也可以用牙角或棍棒来抵御的，但至少必须拚出背一条豪猪社会所制定的罪名：“下流”或“无礼”。

一月二十五日

同意和解释

上司的行动不必征求下属的同意，这是天经地义。但是，有时候上司会对下属解释。

新进的世界闻人说："原人时代就有威权，例如人对动物，一定强迫它们服从人的意志，而使它们抛弃自由生活，不必征求动物的同意。"这话说得透彻。不然，我们那里有牛肉吃，有马骑呢？人对人也是这样。

日本耶教会主教最近宣言日本是《圣经》上说的天使："上帝要用日本征服向来屠杀犹太人的白人……以武力解放犹太人，实现《旧约》上的预言。"这也显然不征求白人的同意的，正和屠杀犹太人的白人并未征求过犹太人的同意一样。日本的大人老爷在中国制造"国难"，也没有征求中国人民的同意。——至于有些地方的绅董，却去征求日本大人的同意，请他们来维持地方治安，那却又当别论。总之，要自由自在地吃牛肉，骑马等等，就必须宣布自己是上司，别人是下属；或是把人比作动物，或是把自己作为天使。

但是，这里最要紧的还是"武力"，并非理论。不论是社会学或是基督教的理论，都不能够产生什么威权。原人对于动物的威权，是产生于弓箭等类的发明的。至于理论，那不过是随后想出来的解释。这种解释的作用，在于制造自己威权的宗教上，哲学上，科学上，世界潮流上的根据，使得奴隶和牛马恍然大悟这世界的公律，而抛弃一切翻案的梦想。

当上司对于下属解释的时候，你做下属的切不可误解这是在征求你的同意，因为即使你绝对的不同意，他还是干他的。他自有他的梦想，只要金银财宝和飞机大炮的力量还在他手里，他的梦想就会实现；而你的梦想却终于只是梦想，——万一实现了，他还说你抄袭他的动物主义的老文章呢。

据说现在的世界潮流，正是庞大权力的政府的出现，这是十九世纪人士所梦想不到的。意大利和德意志不用说了；就是英国的国民政府，“它的实权也完全属于保守党一党”。“美国新总统所取得的措置经济复兴的权力，比战争和戒严时期还要大得多。” 大家做动物，使上司不必征求什么同意，这正是世界的潮流。懿欤盛哉，这样的好榜样，那能不学？

不过，我这种解释还有点美中不足：中国自己的秦始皇焚书坑儒，中国自己的韩退之等说：“民不出米粟麻丝以事其上则诛。”这原是国货，何苦违背着民族主义，引用外国的学说和事实——长他人威风，灭自己志气呢？

九月三日

人生识字糊涂始

中国的成语只有“人生识字忧患始”，这一句是我翻造的。

孩子们常常给我好教训，其一是学话。他们学话的时候，没有教师，没有语法教科书，没有字典，只是不断地听取，记住，分析，比较，终于懂得每个词的意义，到得两三岁，普通的简单的话就大概能够懂，而且能够说了，也不大有错误。小孩子往往喜欢听人谈天，更喜欢陪客，那大目的，固然在于一同吃点心，但也为了爱热闹，尤其是在研究别人的言语，看有什么对于自己有关系——能懂，该问，或可取的。

我们先前的学古文也用同样的方法，教师并不讲解，只要你死读，自己去记住，分析，比较去。弄得好，是终于能够有些懂，并且竟也可以写出几句来的，然而到底弄不通的也多得很。自以为通，别人也以为通了，但一看底细，还是并不怎么通，连明人小品都点不断的，又何尝少有？人们学话，从高等华人以至下等华人，只要不是聋子或哑子，学不会的是几乎没有的；一到学文，就不同了，学会的恐怕不过极少数，就是所谓学会了的人们之中，请恕我坦白地再来重复地说一句罢，大约仍然糊糊涂涂的还是很不少。这自然是古文作怪。因为我们虽然拼命地读古文，但时间究竟是有限的，不像说话，整天的可以听见；而且所读的书，也许是《庄子》和《文选》呀，《东莱博议》呀，《古文观止》呀，从周朝人的文章，一直读到明朝人的文章，非常驳杂，脑子给古今各种马队践踏了一通之后，弄得乱七八遭，但蹄迹当然是有些存留的，这就是所谓“有所得”。这一种“有所得”当然不会清清楚楚，大概是似懂非懂的居多，所以自以为通文了，其实却没有通，自以为识字了，其实也没有识。自己本是糊涂的，写起文章来自然也糊涂，读者看起文章来，自然也不会倒明白。然而无论怎样的糊涂文作者，听他讲话，却大抵清楚，不至于令人听不懂的——除了故意大显本领的讲演之外。因此我想，这“糊涂”的来源，是在识字和读书。

例如我自己，是常常会用些书本子上的词汇的。虽然并非什么冷僻字，或者连读者也并不觉得是冷僻字。然而假如有一位精细的读者，请了我去，交给我一支铅笔和一张纸，说道，“您老的文章里，说过这山是‘崚嶒’的，那山是‘巉岩’的，那究竟是怎么一副样子呀？您不会画画儿也不要紧，就钩出一点轮廓来给我看看罢。请，请，请……”这时我就会腋下出汗，恨无地洞可钻。因为我实在连自己也不知道“崚嶒”和“巉岩”究竟是什么样子，这形容词，是从旧书上抄来的，向来就并没有弄明白，一经切实的考查，就糟了。此外如“幽婉”“玲珑”“蹒跚”“嗫嚅”……之类，还多得很。

说是白话文应该“明白如话”，已经要算唱厌了的老调了，但其实，现在的许多白话文却连“明白如话”也没有做到。倘要明白，我以为第一是在作者先把似识非识的字放弃，从活人的嘴上，采取有生命的词汇，搬到纸上来；也就是学学孩子，只说些自己的确能懂的话。至于旧语的复活，方言的普遍化，那自然也是必要的，但一须选择，二须有字典以确定所含的意义，这是另一问题，在这里不说它了。

四月二日

弄堂生意古今谈

“薏米杏仁莲心粥！”

“玫瑰白糖伦教糕！”

“虾肉馄饨面！”

“五香茶叶蛋！”

这是四五年前，闸北一带弄堂内外叫卖零食的声音，假使当时记录了下来，从早到夜，恐怕总可以有二三十样。居民似乎也真会花零钱，吃零食，时时给他们一点生意，因为叫声也时时中止，可见是在招呼主顾了。而且那些口号也真漂亮，不知道他是从“昭明文选”或“晚明小品”里找过词汇的呢，还是怎么的，实在使我似的初到上海的乡下人，一听到就有馋涎欲滴之概，“薏米杏仁”而又“莲心粥”，这是新鲜到连先前的梦里也没有想到的。但对于靠笔墨为生的人们，却有一点害处，假使你还没有练到“心如古井”，就可以被闹得整天整夜写不出什么东西来。

现在是大不相同了。马路边上的小饭店，正午傍晚，先前为长衫朋友所占领的，近来已经大抵是“寄沉痛于幽闲”；老主顾呢，坐到黄包车夫的老巢的粗点心店里面去了。至于车夫，那自然只好退到马路边沿饿肚子，或者幸而还能够咬侉饼。弄堂里的叫卖声，说也奇怪，竟也和古代判若天渊，卖零食的当然还有，但不过是橄榄或馄饨，却很少遇见那些“香艳肉感”的“艺术”的玩意了。嚷嚷呢，自然仍旧是嚷嚷的，只要上海市民存在一日，嚷嚷是大约决不会停止的。然而现在却切实了不少：麻油，豆腐，润发的刨花，晒衣的竹竿；方法也有改进，或者一个人卖袜，独自作歌赞叹着袜的牢靠；或者两个人共同卖布，交互唱歌颂扬着布的便宜。但大概是一直唱着进来，直达弄底，又一直唱着回去，走出弄外，停下来做交易的时候，是很少的。

偶然也有高雅的货色：果物和花。不过这是并不打算卖给中国人的，所以他用洋话：

“Ringo，Banana，Appulu-u， Appulu-u-u！”

“Hana 呀 Hana-a-a！ Ha-a-na-a-a！”

也不大有洋人买。

间或有算命的瞎子，化缘的和尚进弄来，几乎是专攻娘姨们的，倒还是他们比较的有生意，有时算一命，有时卖掉一张黄纸的鬼画符。但到今年，好像生意也清淡了，于是前天竟出现了大布置的化缘。先只听得一片鼓钹和铁索声，我正想做“超现实主义”的语录体诗，这么一来，诗思被闹跑了，寻声看去，原来是一个和尚用铁钩钩在前胸的皮上，钩柄系有一丈多长的铁索，在地上拖着走进弄里来，别的两个和尚打着鼓和钹。但是，那些娘姨们，却都把门一关，躲得一个也不见了。这位苦行的高僧，竟连一个铜子也拖不去。

事后，我探了探她们的意见，那回答是：“看这样子，两角钱是打发不走的。”

独唱，对唱，大布置，苦肉计，在上海都已经赚不到大钱，一面固然足征洋场上的“人心浇薄”，但一面也可见只好去“复兴农村”了，唔。

四月二十三日

名人和名言

《太白》二卷七期上有一篇南山先生的《保守文言的第三道策》，他举出：第一道是说“要做白话由于文言做不通”，第二道是说“要白话做好，先须文言弄通”。十年之后，才来了太炎先生的第三道：“他以为你们说文言难，白话更难。理由是现在的口头语，有许多是古语，非深通小学就不知道现在口头语的某音，就是古代的某音，不知道就是古代的某字，就要写错。……”

太炎先生的话是极不错的。现在的口头语，并非一朝一夕，从天而降的语言，里面当然有许多是古语，既有古语，当然会有许多曾见于古书，如果做白话的人，要每字都到《说文解字》里去找本字，那的确比做任用借字的文言要难到不知多少倍。然而自从提倡白话以来，主张者却没有一个以为写白话的主旨，是在从“小学”里寻出本字来的，我们就用约定俗成的借字。诚然，如太炎先生说：“乍见熟人而相寒暄曰‘好呀’，‘呀’即‘乎’字；应人之称曰‘是唉’，‘唉’即‘也’字。”但我们即使知道了这两字，也不用“好乎”或“是也”，还是用“好呀”或“是唉”。因为白话是写给现代的人们看，并非写给商周秦汉的鬼看的，起古人于地下，看了不懂，我们也毫不畏缩。所以太炎先生的第三道策，其实是文不对题的。这缘故，是因为先生把他所专长的小学，用得范围太广了。

我们的知识很有限，谁都愿意听听名人的指点，但这时就来了一个问题：听博识家的话好，还是听专门家的话好呢？解答似乎很容易：都好。自然都好；但我由历听了两家的种种指点以后，却觉得必须有相当的警戒。因为是：博识家的话多浅，专门家的话多悖的。

博识家的话多浅，意义自明，唯专门家的话多悖的事，还得加一点申说。他们的悖，未必悖在讲述他们的专门，是悖在倚专家之名，来论他所专门以外的事。社会上崇敬名人，于是以为名人的话就是名言，却忘记了他之所以得名是那一种学问或事业。名人被崇奉所诱惑，也忘记了自己之所以得名是那一种学问或事业，渐以为一切无不胜人，无所不谈，于是乎就悖起来了。其实，专门家除了他的专长之外，许多见识是往往不及博识家或常识者的。太炎先生是革命的先觉，小学的大师，倘谈文献，讲《说文》，当然娓娓可听，但一到攻击现在的白话，便牛头不对马嘴，即其一例。还有江亢虎博士，是先前以讲社会主义出名的名人，他的社会主义到底怎么样呢，我不知道。只是今年忘其所以，谈到小学，说“‘德’之古字为‘悳’，从‘直’从‘心’，‘直’即直觉之意”，却真不知道悖到那里去了，他竟连那上半并不是曲直的直字这一点都不明白。这种解释，却须听太炎先生了。

不过在社会上，大概总以为名人的话就是名言，既是名人，也就无所不通，无所不晓。所以译一本欧洲史，就请英国话说得漂亮的名人校阅，编一本经济学，又乞古文做得好的名人题签；学界的名人绍介医生，说他“术擅岐黄”，商界的名人称赞画家，说他“精研六法”。……

这也是一种现在的通病。德国的细胞病理学家维尔晓（Virchow），是医学界的泰斗，举国皆知的名人，在医学史上的位置，是极为重要的，然而他不相信进化论，他那被教徒所利用的几回讲演，据赫克尔（Haeckel）说，很给了大众不少坏影响。因为他学问很深，名甚大，于是自视甚高，以为他所不解的，此后也无人能解，又不深研进化论，便一口归功于上帝了。现在中国屡经绍介的法国昆虫学大家法布耳（Fabre），也颇有这倾向。他的著作还有两种缺点：一是嗤笑解剖学家，二是用人类道德于昆虫界。但倘无解剖，就不能有他那样精到的观察，因为观察的基础，也还是解剖学；农学者根据对于人类的利害，分昆虫为益虫和害虫，是有理可说的，但凭了当时的人类的道德和法律，定昆虫为善虫或坏虫，却是多余了。有些严正的科学者，对于法布耳的有微词，实也并非无故。但倘若对这两点先加警戒，那么，他的大著作《昆虫记》十卷，读起来也还是一部很有趣，也很有益的书。

不过名人的流毒，在中国却较为厉害，这还是科举的余波。那时候，儒生在私塾里揣摩高头讲章，和天下国家何涉，但一登第，真是“一举成名天下知”，他可以修史，可以衡文，可以临民，可以治河；到清朝之末，更可以办学校，开煤矿，练新军，造战舰，条陈新政，出洋考察了。成绩如何呢，不待我多说。

这病根至今还没有除，一成名人，便有“满天飞”之概。我想，自此以后，我们是应该将“名人的话”和“名言”分开来的，名人的话并不都是名言；许多名言，倒出自田夫野老之口。这也就是说，我们应该分别名人之所以名，是由于那一门，而对于他的专门以外的纵谈，却加以警戒。苏州的学子是聪明的，他们请太炎先生讲国学，却不请他讲簿记学或步兵操典，——可惜人们却又不肯想得更细一点了。

我很自歉这回时时涉及了太炎先生。但“智者千虑，必有一失”，这大约也无伤于先生的“日月之明”的。至于我的所说，可是我想，“愚者千虑，必有一得”，盖亦“悬诸日月而不刊”之论也。

七月一日

现今的新文学的概观
——五月二十二日在燕京大学国文学会讲

这一年多，我不很向青年诸君说什么话了，因为革命以来，言论的路很窄小，不是过激，便是反动，于大家都无益处。这一次回到北平，几位旧识的人要我到这里来讲几句，情不可却，只好来讲几句。但因为种种琐事，终于没有想定究竟来讲什么——连题目都没有。

那题目，原是想在车上拟定的，但因为道路坏，汽车颠起来有尺多高，无从想起。我于是偶然感到，外来的东西，单取一件，是不行的，有汽车也须有好道路，一切事总免不掉环境的影响。文学——在中国的所谓新文学，所谓革命文学，也是如此。

中国的文化，便是怎样的爱国者，恐怕也大概不能不承认是有些落后。新的事物，都是从外面侵入的。新的势力来到了，大多数的人们还是莫名其妙。北平还不到这样，譬如上海租界，那情形，外国人是处在中央，那外面，围着一群翻译、包探、巡捕、西崽……之类，是懂得外国话，熟悉租界章程的。这一圈之外，才是许多老百姓。

老百姓一到洋场，永远不会明白真实情形，外国人说“Yes”，翻译道“他在说打一个耳光”，外国人说“No”，翻出来却是他说“去枪毙”。倘想要免去这一类无谓的冤苦，首先是在知道得多一点，冲破了这一个圈子。

在文学界也一样，我们知道得太不多，而帮助我们知识的材料也太少。梁实秋有一个白璧德，徐志摩有一个泰戈尔，胡适之有一个杜威，——是的，徐志摩还有一个曼殊斐儿，他到她坟上去哭过，——创造社有革命文学，时行的文学。不过附和的，创作的很有，研究的却不多，直到现在，还是给几个出题目的人们圈了起来。

各种文学，都是应环境而产生的，推崇文艺的人，虽喜欢说文艺足以煽起风波来，但在事实上，却是政治先行，文艺后变。倘以为文艺可以改变环境，那是"唯心"之谈，事实的出现，并不如文学家所预想。所以巨大的革命，以前的所谓革命文学者还须灭亡，待到革命略有结果，略有喘息的余裕，这才产生新的革命文学者。为什么呢，因为旧社会将近崩坏之际，是常常会有近似带革命性的文学作品出现的，然而其实并非真的革命文学。例如：或者憎恶旧社会，而只是憎恶，更没有对于将来的理想；或者也大呼改造社会，而问他要怎样的社会，却是不能实现的乌托邦；或者自己活得无聊了，便空泛地希望一大转变，来作刺戟，正如饱于饮食的人，想吃些辣椒爽口；更下的是原是旧式人物，但在社会里失败了，却想另挂新招牌，靠新兴势力获得更好的地位。

希望革命的文人，革命一到，反而沉默下去的例子，在中国便曾有过的。即如清末的南社，便是鼓吹革命的文学团体，他们叹汉族的被压制，愤满人的凶横，渴望着"光复旧物"。但民国成立以后，倒寂然无声了。我想，这是因为他们的理想，是在革命以后，"重见汉官威仪"，峨冠博带。而事实并不这样，所以反而索然无味，不想执笔了。俄国的例子尤为明显，十月革命开初，也曾有许多革命文学家非常惊喜，欢迎这暴风雨的袭来，愿受风雷的试炼。但后来，诗人叶遂宁，小说家索波里自杀了，近来还听说有名的小说家爱伦堡有些反动。这是什么缘故呢？就因为四面袭来的并不是暴风雨，来试炼的也并非风雷，却是老老实实的"革命"。空想被击碎了，人也就活不下去，这倒不如古时候相信死后灵魂上天，坐在上帝旁边吃点心的诗人们福气。因为他们在达到目的之前，已经死掉了。

中国，据说，自然是已经革了命，——政治上也许如此罢，但在文艺上，却并没有改变。有人说，“小资产阶级文学之抬头”了，其实是，小资产阶级文学在那里呢，连“头”也没有，那里说得到“抬”。这照我上面所讲的推论起来，就是文学并不变化和兴旺，所反映的便是并无革命和进步，——虽然革命家听了也许不大喜欢。

至于创造社所提倡的，更彻底的革命文学——无产阶级文学，自然更不过是一个题目。这边也禁，那边也禁的王独清的从上海租界里遥望广州暴动的诗，“Pong Pong Pong”，铅字逐渐大了起来，只在说明他曾为电影的字幕和上海的酱园招牌所感动，有模仿勃洛克的《十二个》之志而无其力和才。郭沫若的《一只手》是很有人推为佳作的，但内容说一个革命者革命之后失了一只手，所余的一只还能和爱人握手的事，却未免“失”得太巧。五体，四肢之中，倘要失去其一，实在还不如一只手；一条腿就不便，头自然更不行了。只准备失去一只手，是能减少战斗的勇往之气的；我想，革命者所不惜牺牲的，一定不只这一点。《一只手》也还是穷秀才落难，后来终于中状元，谐花烛的老调。

但这些却也正是中国现状的一种反映。新近上海出版的革命文学的一本书的封面上，画着一把钢叉，这是从《苦闷的象征》的书面上取来的，叉的中间的一条尖刺上，又安一个铁锤，这是从苏联的旗子上取来的。然而这样合了起来，却弄得既不能刺，又不能敲，只能在表明这位作者的庸陋，——也正可以做那些文艺家的徽章。

从这一阶级走到那一阶级去，自然是能有的事，但最好是意识如何，便一一直说，使大众看去，为仇为友，了了分明。不要脑子里存着许多旧的残滓，却故意瞒了起来，演戏似的指着自己的鼻子道：“唯我是无产阶级！”现在的人们既然神经过敏，听到“俄”字便要气绝，连嘴唇也快要不准红了，对于出版物，这也怕，那也怕；而革命文学家又不肯多绍介别国的理论和作品，单是这样地指着自己的鼻子，临了便会像前清的“奉旨申斥”一样，令人莫名其妙的。

对于诸君，“奉旨申斥”大概还须解释几句才会明白罢。这是帝制时代的事。一个官员犯了过失了，便叫他跪在一个什么门外面，皇帝差一个太监来斥骂。这时须得用一点花费，那么，骂几句就完；倘若不用，他便从祖宗一直骂到子孙。这算是皇帝在骂，然而谁能去问皇帝，问他究竟可是要这样地骂呢？去年，据日本的杂志上说，成仿吾是由中国的农工大众选他往德国研究戏曲去了，我们也无从打听，究竟真是这样地选了没有。

所以我想，倘要比较地明白，还只好用我的老话，“多看外国书”，来打破这包围的圈子。这事，于诸君是不甚费力的。关于新兴文学的英文书或英译书，即使不多，然而所有的几本，一定较为切实可靠。多看些别国的理论和作品之后，再来估量中国的新文艺，便可以清楚得多了。更好是绍介到中国来；翻译并不比随便的创作容易，然而于新文学的发展却更有功，于大家更有益。

中国语文的新生

中国现在的所谓中国字和中国文，已经不是中国大家的东西了。

古时候，无论那一国，能用文字的原是只有少数的人的，但到现在，教育普及起来，凡是称为文明国者，文字已为大家所公有。但我们中国，识字的却大概只占全人口的十分之二，能作文的当然还要少。这还能说文字和我们大家有关系么？

也许有人要说，这十分之二的特别国民，是怀抱着中国文化，代表着中国大众的。我觉得这话并不对。这样的少数，并不足以代表中国人。正如中国人中，有吃燕窝鱼翅的人，有卖红丸的人，有拿回扣的人，但不能因此就说一切中国人，都在吃燕窝鱼翅，卖红丸，拿回扣一样。要不然，一个郑孝胥，真可以把全副“王道”挑到满洲去。

我们倒应该以最大多数为根据，说中国现在等于并没有文字。

这样的一个连文字也没有的国度，是在一天一天地坏下去了。我想，这可以无须我举例。

单在没有文字这一点上，智识者是早就感到模糊的不安的。清末的办白话报，五四时候的叫“文学革命”，就为此。但还只知道了文章难，没有悟出中国等于并没有文字。今年的提倡复兴文言文，也为此，他明知道现在的机关枪是利器，却因历来偷懒，未曾振作，临危又想侥幸，就只好梦想大刀队成事了。

大刀队的失败已经显然，只有两年，已没有谁来打九十九把钢刀去送给军队。但文言队的显出不中用来，是很慢，很隐的，它还有寿命。

和提倡文言文的开倒车相反，是目前的大众语文的提倡，但也还没有碰到根本的问题：中国等于并没有文字。待到拉丁化的提议出现，这才抓住了解决问题的紧要关键。

反对，当然大大的要有的，特殊人物的成规，动他不得。格理莱倡地动说，达尔文说进化论，摇动了宗教，道德的基础，被攻击原是毫不足怪的；但哈飞发见了血液在人身中环流，这和一切社会制度有什么关系呢，却也被攻击了一世。然而结果怎样？结果是：血液在人身中环流！

中国人要在这世界上生存，那些识得《十三经》的名目的学者，“灯红”会对“酒绿”的文人，并无用处，却全靠大家的切实的智力，是明明白白的。那么，倘要生存，首先就必须除去阻碍传布智力的结核：非语文和方块字。如果不想大家来给旧文字做牺牲，就得牺牲掉旧文字。走那一面呢，这并非如冷笑家所指摘，只是拉丁化提倡者的成败，乃是关于中国大众的存亡的。要得实证，我看也不必等候怎么久。

至于拉丁化的较详的意见，我是大体和《自由谈》连载的华圉作《门外文谈》相近的，这里不多说。我也同意于一切冷笑家所冷嘲的大众语的前途的艰难；但以为即使艰难，也还要做；愈艰难，就愈要做。改革，是向来没有一帆风顺的，冷笑家的赞成，是在见了成效之后，如果不信，可看提倡白话文的当时。

九月二十四日

书籍和财色

今年在上海所见，专以小孩子为对手的糖担，十有九带了赌博性了，用一个铜元，经一种手续，可有得到一个铜元以上的糖的希望。但专以学生为对手的书店，所给的希望却更其大，更其多——因为那对手是学生的缘故。

书籍用实价，废去“码洋”的陋习，是始于北京的新潮社——北新书局的，后来上海也多仿行，盖那时改革潮流正盛，以为买卖两方面，都是志在改进的人（书店之以介绍文化者自居，至今还时见于广告上），正不必先定虚价，再打折扣，玩些互相欺骗的把戏。然而将麻雀牌送给世界，且以此自豪的人民，对于这样简捷了当，没有意外之利的办法，是终于耐不下去的。于是老病出现了，先是小试其技：送画片。继而打折扣，自九折以至对折，但自然又不是办法，因为总有一个定期和原因，或者因为学校开学，或者因为本店开张一年半的纪念之类。花色一点的还有赠丝袜，请吃冰淇淋，附送一只锦盒，内藏十件宝贝，价值不资。更加见得切实，然而确是惊人的，是定一年报或买几本书，便有得到“劝学奖金”一百元或“留学经费”二千元的希望。洋场上的“轮盘赌”，付给赢家的钱，最多也不过每一元付了三十六元，真不如买书，那“希望”之大，远甚远甚。

我们的古人有言，“书中自有黄金屋”，现在渐在实现了。但后一句，“书中自有颜如玉”呢？

日报所附送的画报上，不知为了什么缘故而登载的什么“女校高材生”和什么“女士在树下读书”的照相之类，且作别论，则买书一元，赠送裸体画片的勾当，是应该举为带着“颜如玉”气味的一例的了。在医学上，“妇人科”虽然设有专科，但在文艺上，“女作家”分为一类却未免滥用了体质的差别，令人觉得有些特别的。但最露骨的是张竞生博士所开的“美的书店”，曾经对面呆站着两个年青脸白的女店员，给买主可以问她“《第三种水》出了没有”等类，一举两得，有玉有书。可惜“美的书店”竟遭禁止。张博士也改弦易辙，去译《卢骚忏悔录》，此道遂有中衰之叹了。

书籍的销路如果再消沉下去，我想，最好是用女店员卖女作家的作品及照片，仍然抽彩，给买主又有得到“劝学”“留学”的款子的希望。

论毛笔之类

国货也提倡得长久了，虽然上海的国货公司并不发达，“国货城”也早已关了城门，接着就将城墙撤去，日报上却还常见关于国货的专刊。那上面，受劝和挨骂的主角，照例也还是学生，儿童和妇女。

前几天看见一篇关于笔墨的文章，中学生之流，很受了一顿训斥，说他们十分之九，是用钢笔和墨水的，这就使中国的笔墨没有出路。自然，倒并不说这一类人就是什么奸，但至少，恰如摩登妇女的爱用外国脂粉和香水似的，应负“入超”的若干的责任。

这话也并不错的。不过我想，洋笔墨的用不用，要看我们的闲不闲。我自己是先在私塾里用毛笔，后在学校里用钢笔，后来回到乡下又用毛笔的人，却以为假如我们能够悠悠然，洋洋焉，拂砚伸纸，磨墨挥毫的话，那么，羊毫和松烟当然也很不坏。不过事情要做得快，字要写得多，可就不成功了，这就是说，它敌不过钢笔和墨水。譬如在学校里抄讲义罢，即使改用墨盒，省去临时磨墨之烦，但不久，墨汁也会把毛笔胶住，写不开了，你还得带洗笔的水池，终于弄到在小小的桌子上，摆开“文房四宝”。况且毛笔尖触纸的多少，就是字的粗细，是全靠手腕做主的，因此也容易疲劳，越写越慢。闲人不要紧，一忙，就觉得无论如何，总是墨水和钢笔便当了。

青年里面，当然也不免有洋服上挂一支万年笔，做做装饰的人，但这究竟是少数，使用者的多，原因还是在便当。便于使用的器具的力量，是决非劝谕、讥刺、痛骂之类的空言所能制止的。假如不信，你倒去劝那些坐汽车的人，在北方改用骡车，在南方改用绿呢大轿试试看。如果说这提议是笑话，那么，劝学生改用毛笔呢？现在的青年，已经成了“庙头鼓”，谁都不妨敲打了。一面有繁重的学科，古书的提倡，一面却又有教育家喟然兴叹，说他们成绩坏，不看报纸，昧于世界的大势。

但是，连笔墨也乞灵于外国，那当然是不行的。这一点，却要推前清的官僚聪明，他们在上海立过制造局，想造比笔墨更紧要的器械——虽然为了“积重难返”，终于也造不出什么东西来。欧洲人也聪明，金鸡那原是斐洲的植物，因为去偷种子，还死了几个人，但竟偷到手，在自己这里种起来了，使我们现在如果发了疟疾，可以很便当地大吃金鸡那霜丸，而且还有“糖衣”，连不爱服药的娇小姐们也吃得甜蜜蜜。制造墨水和钢笔的法子，弄弄到手，是没有偷金鸡子那么危险的。所以与其劝人莫用墨水和钢笔，倒不如自己来造墨水和钢笔；但必须造得好，切莫“挂羊头卖狗肉”。要不然，这一番功夫就又是一个白费。

但我相信，凡有毛笔拥护论者大约也不免以我的提议为空谈：因为这事情不容易。这也是事实；所以典当业只好呈请禁止奇装异服，以免时价早晚不同，笔墨业也只好主张吮墨舐毫，以免国粹渐就沦丧。改造自己，总比禁止别人来得难。然而这办法却是没有好结果的，不是无效，就是使一部分青年又变成旧式的斯文人。

八月二十三日

略论中国人的脸

大约人们一遇到不大看惯的东西，总不免以为他古怪。我还记得初看见西洋人的时候，就觉得他脸太白，头发太黄，眼珠太淡，鼻梁太高。虽然不能明明白白地说出理由来，但总而言之：相貌不应该如此。至于对于中国人的脸，是毫无异议；即使有好丑之别，然而都不错的。

我们的古人，倒似乎并不放松自己中国人的相貌。周的孟轲就用眸子来判胸中的正不正，汉朝还有《相人》二十四卷。后来闹这玩意儿的尤其多；分起来，可以说有两派罢：一是从脸上看出他的智愚贤不肖；一是从脸上看出他过去、现在和将来的荣枯。于是天下纷纷，从此多事，许多人就都战战兢兢地研究自己的脸。我想，镜子的发明，恐怕这些人和小姐们是大有功劳的。不过近来前一派已经不大有人讲究，在北京上海这些地方捣鬼的都只是后一派了。

我一向只留心西洋人。留心的结果，又觉得他们的皮肤未免太粗；毫毛有白色的，也不好。皮上常有红点，即因为颜色太白之故，倒不如我们之黄。尤其不好的是红鼻子，有时简直像是将要熔化的蜡烛油，仿佛就要滴下来，使人看得栗栗危惧，也不及黄色人种的较为隐晦，也见得较为安全。总而言之，相貌还是不应该如此的。

后来，我看见西洋人所画的中国人，才知道他们对于我们的相貌也很不敬。那似乎是《天方夜谈》或者《安兑生童话》中的插画，现在不很记得清楚了。头上戴着拖花翎的红缨帽，一条辫子在空中飞扬，朝靴的粉底非常之厚。但这些都是满洲人连累我们的。独有两眼歪斜，张嘴露齿，却是我们自己本来的相貌。不过我那时想，其实并不尽然，外国人特地要奚落我们，所以格外形容得过度了。

但此后对于中国一部分人们的相貌，我也逐渐感到一种不满，就是他们每看见不常见的事件或华丽的女人，听到有些醉心的话的时候，下巴总要慢慢挂下，将嘴张了开来。这实在不大雅观；仿佛精神上缺少着一样什么机件。据研究人体的学者们说，一头附着在上颚骨上，那一头附着在下颚骨上的“咬筋”，力量是非常之大的。我们幼小时候想吃核桃，必须放在门缝里将它的壳夹碎。但在成人，只要牙齿好，那咬筋一收缩，便能咬碎一个核桃。有着这么大的力量的筋，有时竟不能收住一个并不沉重的自己的下巴，虽然正在看得出神的时候，倒也情有可原，但我总以为究竟不是十分体面的事。

日本的长谷川如是闲是善于做讽刺文字的。去年我见过他的一本随笔集，叫作《猫·狗·人》；其中有一篇就说到中国人的脸。大意是初见中国人，即令人感到较之日本人或西洋人，脸上总欠缺着一点什么。久而久之，看惯了，便觉得这样已经尽够，并不缺少东西；倒是看得西洋人之流的脸上，多余着一点什么。这多余着的东西，他就给它一个不大高妙的名目：兽性。中国人的脸上没有这个，是人，则加上多余的东西，即成了下列的算式：

人＋兽性＝西洋人

他借了称赞中国人，贬斥西洋人，来讥刺日本人的目的，这样就达到了，自然不必再说这兽性的不见于中国人的脸上，是本来没有的呢，还是现在已经消除。如果是后来消除的，那么，是渐渐净尽而只剩了人性的呢，还是不过渐渐成了驯顺。野牛成为家牛，野猪成为猪，狼成为狗，野性是消失了，但只足使牧人喜欢，于本身并无好处。人不过是人，不再夹杂着别的东西，当然再好没有了。倘不得已，我以为还不如带些兽性，如果合于下列的算式倒是不很有趣的：

人＋家畜性＝某一种人

中国人的脸上真可有兽性的记号的疑案，暂且中止讨论罢。我只要说近来却在中国人所理想的古今人的脸上，看见了两种多余。一到广州，我觉得比我所从来的厦门丰富得多的，是电影，而且大半是“国片”，有古装的，有时装的。因为电影是“艺术”，所以电影艺术家便将这两种多余加上去了。

古装的电影也可以说是好看，那好看不下于看戏；至少，决不至于有大锣大鼓将人的耳朵震聋。在“银幕”上，则有身穿不知何时何代的衣服的人物，缓慢地动作；脸正如古人一般死，因为要显得活，便只好加上些旧式戏子的昏庸。

时装人物的脸，只要见过清朝光绪年间上海的吴友如的《画报》的，便会觉得神态非常相像。《画报》所画的大抵不是流氓拆梢，便是妓女吃醋，所以脸相都狡猾。这精神似乎至今不变，国产影片中的人物，虽是作者以为善人杰士者，眉宇间也总带些上海洋场式的狡猾。可见不如此，是连善人杰士也做不成的。

听说，国产影片之所以多，是因为华侨欢迎，能够获利，每一新片到，老的便带了孩子去指点给他们看道：“看哪，我们的祖国的人们是这样的。”在广州似乎也受欢迎，日夜四场，我常见看客坐得满满。

广州现在也如上海一样，正在这样地修养他们的趣味。可惜电影一开演，电灯一定熄灭，我不能看见人们的下巴。

四月六日

革命时代的文学

——四月八日在黄埔军官学校讲

今天要讲的几句话是就将这“革命时代的文学”算作题目。这学校是邀过我好几次了，我总是推宕着没有来。为什么呢？因为我想，诸君的所以来邀我，大约是因为我曾经做过几篇小说，是文学家，要从我这里听文学。其实我并不是的，并不懂什么。我首先正经学习的是开矿，叫我讲掘煤，也许比讲文学要好一些。自然，因为自己的嗜好，文学书是也时常看看的，不过并无心得，能说出于诸君有用的东西来。加以这几年，自己在北京所得的经验，对于一向所知道的前人所讲的文学的议论，都渐渐地怀疑起来。那是开枪打杀学生的时候罢，文禁也严厉了，我想：文学文学，是最不中用的，没有力量的人讲的；有实力的人并不开口，就杀人，被压迫的人讲几句话，写几个字，就要被杀；即使幸而不被杀，但天天呐喊，叫苦，鸣不平，而有实力的人仍然压迫，虐待，杀戮，没有方法对付他们，这文学于人们又有什么益处呢？

在自然界里也这样，鹰的捕雀，不声不响的是鹰，吱吱叫喊的是雀；猫的捕鼠，不声不响的是猫，吱吱叫喊的是老鼠；结果，还是只会开口的被不开口的吃掉。文学家弄得好，做几篇文章，也许能够称誉于当时，或者得到多少年的虚名罢，——譬如一个烈士的追悼会开过之后，烈士的事情早已不提了，大家倒传诵着谁的挽联做得好：这实在是一件很稳当的买卖。

但在这革命地方的文学家，恐怕总喜欢说文学和革命是大有关系的，例如可以用这来宣传，鼓吹，煽动，促进革命和完成革命。不过我想，这样的文章是无力的，因为好的文艺作品，向来多是不受别人命令，不顾利害，自然而然地从心中流露的东西；如果先挂起一个题目，做起文章来，那又何异于八股，在文学中并无价值，更说不到能否感动人了。为革命起见，要有“革命人”，“革命文学”倒无须急急，革命人做出东西来，才是革命文学。所以，我想：革命，倒是与文章有关系的。革命时代的文学和平时的文学不同，革命来了，文学就变换色彩。但大革命可以变换文学的色彩，小革命却不，因为不算什么革命，所以不能变换文学的色彩。在此地是听惯了“革命”了，江苏浙江谈到革命二字，听的人都很害怕，讲的人也很危险。其实“革命”是并不稀奇的，唯其有了它，社会才会改革，人类才会进步，能从原虫到人类，从野蛮到文明，就因为没有一刻不在革命。生物学家告诉我们：“人类和猴子是没有大两样的，人类和猴子是表兄弟。”但为什么人类成了人，猴子终于是猴子呢？这就因为猴子不肯变化——它爱用四只脚走路。也许曾有一个猴子站起来，试用两脚走路的罢，但许多猴子就说：“我们的祖先一向是爬的，不许你站！”咬死了。它们不但不肯站起来，并且不肯讲话，因为它守旧。人类就不然，他终于站起，讲话，结果是他胜利了。现在也还没有完。所以革命是并不稀奇的，凡是至今还未灭亡的民族，还都天天在努力革命，虽然往往不过是小革命。

大革命与文学有什么影响呢？大约可以分开三个时候来说：

（一）大革命之前，所有的文学，大抵是对于种种社会状态，觉得不平，觉得痛苦，就叫苦，鸣不平，在世界文学中关于这类的文学颇不少。但这些叫苦鸣不平的文学对于革命没有什么影响，因为叫苦鸣不平，并无力量，压迫你们的人仍然不理，老鼠虽然吱吱地叫，尽管叫出很好的文学，而猫儿吃起它来，还是不客气。所以仅仅有叫苦鸣不平的文学时，这个民族还没有希望，因为止于叫苦和鸣不平。例如人们打官司，失败的方面到了分发冤单的时候，对手就知道他没有力量再打官司，事情已经了结了；所以叫苦鸣不平的文学等于喊冤，压迫者对此倒觉得放心。有些民族因为叫苦无用，连苦也不叫了，他们便成为沉默的民族，渐渐更加衰颓下去，埃及、阿拉伯、波斯、印度就都没有什么声音了！至于富有反抗性，蕴有力量的民族，因为叫苦没用，他便觉悟起来，由哀音而变为怒吼。怒吼的文学一出现，反抗就快到了；他们已经很愤怒，所以与革命爆发时代接近的文学每每带有愤怒之音；他要反抗，他要复仇。苏俄革命将起时，即有些这类的文学。但也有例外，如波兰，虽然早有复仇的文学，然而他的恢复，是靠着欧洲大战的。

（二）到了大革命的时代，文学没有了，没有声音了，因为大家受革命潮流的鼓荡，大家由呼喊而转入行动，大家忙着革命，没有闲空谈文学了。还有一层，是那时民生凋敝，一心寻面包吃尚且来不及，那里有心思谈文学呢？守旧的人因为受革命潮流的打击，气得发昏，也不能再唱所谓他们的文学了。有人说："文学是穷苦的时候做的。"其实未必，穷苦的时候必定没有文学作品的；我在北京时，一穷，就到处借钱，不写一个字，到薪俸发放时，才坐下来做文章。忙的时候也必定没有文学作品，挑担的人必要把担子放下，才能做文章；拉车的人也必要把车子放下，才能做文章。大革命时代忙得很，同时又穷得很，这一部分人和那一部分人斗争，非先行变换现代社会的状态不可，没有时间也没有心思做文章；所以大革命时代的文学便只好暂归沉寂了。

（三）等到大革命成功后，社会的状态缓和了，大家的生活有余裕了，这时候就又产生文学。这时候的文学有二：一种文学是赞扬革命，称颂革命，——讴歌革命，因为进步的文学家想到社会改变，社会向前走，对于旧社会的破坏和新社会的建设，都觉得有意义，一方面对于旧制度的崩坏很高兴，一方面对于新的建设来讴歌。另有一种文学是吊旧社会的灭亡——挽歌——也是革命后会有的文学。有些人以为这是"反革命的文学"，我想，倒也无须加以这么大的罪名。革命虽然进行，但社会上旧人物还很多，决不能一时变成新人物，他们的脑中满藏着旧思想旧东西；环境渐变，影响到他们自身的一切，于是回想旧时的舒服，便对于旧社会眷念不已，恋恋不舍，因而讲出很古的话，陈旧的话，形成这样的文学。这种文学都是悲哀的调子，表示他心里不舒服，一方面看见新的建设胜利了，一方面看见旧的制度灭亡了，所以唱起挽歌来。但是怀旧，唱挽歌，就表示已经革命了，如果没有革命，旧人物正得势，是不会唱挽歌的。

不过中国没有这两种文学——对旧制度挽歌，对新制度讴歌；因为中国革命还没有成功，正是青黄不接，忙于革命的时候。不过旧文学仍然很多，报纸上的文章，几乎全是旧式。我想，这足见中国革命对于社会没有多大的改变，对于守旧的人没有多大的影响，所以旧人仍能超然物外。广东报纸所讲的文学，都是旧的，新的很少，也可以证明广东社会没有受革命影响；没有对新的讴歌，也没有对旧的挽歌，广东仍然是十年前的广东。不但如此，并且也没有叫苦，没有鸣不平；只看见工会参加游行，但这是政府允许的，不是因压迫而反抗的，也不过是奉旨革命。中国社会没有改变，所以没有怀旧的哀词，也没有崭新的进行曲，只在苏俄却已产生了这两种文学。他们的旧文学家逃亡外国，所作的文学，多是吊亡挽旧的哀词；新文学则正在努力向前走，伟大的作品虽然还没有，但是新作品已不少，他们已经离开怒吼时期而过渡到讴歌的时期了。赞美建设是革命进行以后的影响，再往后去的情形怎样，现在不得而知，但推想起来，大约是平民文学罢，因为平民的世界，是革命的结果。

现在中国自然没有平民文学，世界上也还没有平民文学，所有的文学，歌呀，诗呀，大抵是给上等人看的；他们吃饱了，睡在躺椅上，捧着看。一个才子出门遇见一个佳人，两个人很要好，有一个不才子从中捣乱，生出差迟来，但终于团圆了。这样地看看，多么舒服。或者讲上等人怎样有趣和快乐，下等人怎样可笑。前几年《新青年》载过几篇小说，描写罪人在寒地里的生活，大学教授看了就不高兴，因为他们不喜欢看这样的下流人。如果诗歌描写车夫，就是下流诗歌；一出戏里，有犯罪的事情，就是下流戏。他们的戏里的角色，只有才子佳人，才子中状元，佳人封一品夫人，在才子佳人本身很欢喜，他们看了也很欢喜，下等人没奈何，也只好替他们一同欢喜欢喜。在现在，有人以平民——工人农民——为材料，做小说做诗，我们也称之为平民文学，其实这不是平民文学，因为平民还没有开口。这是另外的人从旁看见平民的生活，假托平民的口吻而说的。眼前的文人有些虽然穷，但总比工人农民富足些，这才能有钱去读书，才能有文章；一看好像是平民所说的，其实不是；这不是真的平民小说。平民所唱的山歌野曲，现在也有人写下来，以为是平民之音了，因为是老百姓所唱。但他们间接受古书的影响很大，他们对于乡下的绅士有田三千亩，佩服得不了，每每拿绅士的思想，做自己的思想，绅士们惯吟五言诗、七言诗；因此他们所唱的山歌野曲，大半也是五言或七言。这是就格律而言，还有构思取意，也是很陈腐的，不能称是真正的平民文学。现在中国的小说和诗实在比不上别国，无可奈何，只好称之曰文学；谈不到革命时代的文学，更谈不到平民文学。现在的文学家都是读书人，如果工人农民不解放，工人农民的思想，仍然是读书人的思想，必待工人农民得到真正的解放，然后才有真正的平民文学。有些人说"中国已有平民文学"，其实这是不对的。

诸君是实际的战争者，是革命的战士，我以为现在还是不要佩服文学的好。学文学对于战争，没有益处，最好不过做一篇战歌，或者写得美的，便可于战余休憩时看看，倒也有趣。要讲得堂皇点，则譬如种柳树，待到柳树长大，浓阴蔽日，农夫耕作到正午，或者可以坐在柳树底下吃饭，休息休息。中国现在的社会情状，只有实地的革命战争，一首诗吓不走孙传芳，一炮就把孙传芳轰走了。自然也有人以为文学于革命是有伟力的，但我个人总觉得怀疑，文学总是一种余裕的产物，可以表示一民族的文化，倒是真的。

人大概是不满于自己目前所做的事的，我一向只会做几篇文章，自己也做得厌了，而捏枪的诸君，却又要听讲文学。我呢，自然倒愿意听听大炮的声音，仿佛觉得大炮的声音或者比文学的声音要好听得多似的。我的演说只有这样多，感谢诸君听完的厚意！

第四编 凝思

“碰壁”之后

我平日常常对我的年青的同学们说：古人所谓“穷愁著书”的话，是不大可靠的。穷到透顶，愁得要死的人，那里还有这许多闲情逸致来著书？我们从来没有见过候补的饿殍在沟壑边吟哦；鞭扑底下的囚徒所发出来的不过是直声的叫喊，决不会用一篇妃红俪白的骈体文来诉痛苦的。所以待到磨墨吮笔，说什么“履穿踵决”时，脚上也许早经是丝袜；高吟“饥来驱我去……”的陶征士，其时或者偏已很有些酒意了。正当苦痛，即说不出苦痛来，佛说极苦地狱中的鬼魂，也反而并无叫唤！

华夏大概并非地狱，然而“境由心造”，我眼前总充塞着重迭的黑云，其中有故鬼、新鬼、游魂、牛首阿旁、畜生、化生、大叫唤、无叫唤，使我不堪闻见。我装作无所闻见模样，以图欺骗自己，总算已从地狱中出离。

打门声一响，我又回到现实世界了。又是学校的事。我为什么要做教员？！想着走着，出去开门，果然，信封上首先就看见通红的一行字：国立北京女子师范大学。

我本就怕这学校，因为一进门就觉得阴惨惨，不知其所以然，但也常常疑心是自己的错觉。后来看到杨荫榆校长《致全体学生公启》里的“须知学校犹家庭，为尊长者断无不爱家属之理，为幼稚者亦当体贴尊长之心”的话，就恍然了，原来我虽然在学校教书，也等于在杨家坐馆，而这阴惨惨的气味，便是从“冷板凳”里出来的。可是我有一种毛病，自己也疑心是自讨苦吃的根苗，就是偶尔要想想。所以恍然之后，即又有疑问发生：这家族人员——校长和学生——的关系是怎样的，母女，还是婆媳呢？

想而又想，结果毫无。幸而这位校长宣言多，竟在她《对于暴烈学生之感言》里获得正确的解答了。曰，“与此曹子勃豀相向”，则其为婆婆无疑也。

现在我可以大胆地用“妇姑勃豀”这句古典了。但婆媳吵架，与西宾又何干呢？因为究竟是学校，所以总还是时常有信来，或是婆婆的，或是媳妇的。我的神经又不强，一闻打门而悔做教员者以此，而且也确有可悔的理由。

这一年她们的家务简直没有完，媳妇儿们不佩服婆婆做校长了，婆婆可是不歇手。这是她的家庭，怎么肯放手呢？无足怪的。而且不但不放，还趁“五七”之际，在什么饭店请人吃饭之后，开除了六个学生自治会的职员，并且发表了那“须知学校犹家庭”的名论。

这回抽出信纸来一看，是媳妇儿们的自治会所发的，略谓：

> 旬余以来，校务停顿，百费待兴，若长此迁延，不特虚掷数百青年光阴，校务前途，亦岌岌不可终日。……

底下是请教员开一个会，出来维持的意思的话，订定的时间是当日下午四点钟。

“去看一看罢。”我想。

这也是我的一种毛病，自己也疑心是自讨苦吃的根苗；明知道无论什么事，在中国是万不可轻易去“看一看”的，然而终于改不掉，所以谓之“病”。但是，究竟也颇熟于世故了，我想后，又立刻决定，四点太早，到了一定没有人，四点半去罢。

四点半进了阴惨惨的校门，又走进教员休息室。出乎意料之外！除一个打盹似的校役以外，已有两位教员坐着了。一位是见过几面的；一位不认识，似乎说是姓汪，或姓王，我不大听明白，——其实也无须。

我也和他们在一处坐下了。

“先生的意思以为这事情怎样呢？”这不识教员在招呼之后，看住了我的眼睛问。

“这可以由各方面说……你问的是我个人的意见么？我个人的意见，是反对杨先生的办法的……”

糟了！我的话没有说完，他便将他那灵便小巧的头向旁边一摇，表示不屑听完的态度。但这自然是我的主观；在他，或者也许本有将头摇来摇去的毛病的。

“就是开除学生的罚太严了。否则，就很容易解决……”

我还要继续说下去。

“嗡嗡。”他不耐烦似的点头。

我就默然，点起火来吸烟卷。

“最好是给这事情冷一冷……”不知怎的他又开始发表他的“冷一冷”学说了。

“嗡嗡。瞧着看罢。”这回是我不耐烦似的点头，但终于多说了一句话。

我点头讫，瞥见坐前有一张印刷品，一看之后，毛骨便悚然起来。文略谓：

> ……第用学生自治会名义，指挥讲师职员，召集校务维持讨论会，……本校素遵部章，无此学制，亦无此办法，根本上不能成立。……而自闹潮以来……不能不筹正当方法，又有其他校务进行，亦待大会议决，兹定于（月之二十一日）下午七时，由校特请全体主任专任教员评议会会员在太平湖饭店开校务紧急会议，解决种种重要问题。务恳大驾莅临，无任盼祷！

署名就是我所视为畏途的“国立北京女子师范大学”，但下面还有一个“启”字。我这时才知道我不该来，也无须“莅临”太平湖饭店，因为我不过是一个“兼任教员”。然而校长为什么不制止学生开会，又不预先否认，却要叫我到了学校来看这“启”的呢？我愤然地要质问了，举目四顾，两个教员，一个校役，四面砖墙带着门和窗门，而并没有半个负有答复的责任的生物。“国立北京女子师范学校”虽然能“启”，然而是不能答的。只有默默地阴森地四周的墙壁将人包围，现出险恶的颜色。

我感到苦痛了，但没有悟出它的原因。

可是两个学生来请开会了；婆婆终于没有露面。我们就走进会场去，这时连我已经有五个人；后来陆续又到了七八人。于是乎开会。

“为幼稚者”仿佛不大能够“体贴尊长之心”似的，很诉了许多苦。然而我们有什么权利来干预“家庭”里的事呢？而况太平湖饭店里又要“解决种种重要问题”了！但是我也说明了几句我所以来校的理由，并要求学校当局今天缩头缩脑办法的解答。然而，举目四顾，只有媳妇儿们和西宾，砖墙带着门和窗门，而并没有半个负有答复的责任的生物！

我感到苦痛了，但没有悟出它的原因。

这时我所不识的教员和学生在谈话了；我也不很细听。但在他的话里听到一句“你们做事不要碰壁”，在学生的话里听到一句“杨先生就是壁”，于我就仿佛见了一道光，立刻知道我的痛苦的原因了。

碰壁，碰壁！我碰了杨家的壁了！

其时看看学生们，就像一群童养媳……

这一种会议是照例没有结果的，几个自以为大胆的人物对于婆婆稍加微辞之后，即大家走散。我回家坐在自己的窗下的时候，天色已近黄昏，而阴惨惨的颜色却渐渐地退去，回忆到碰壁的学说，居然微笑起来了。

中国各处是壁，然而无形，像“鬼打墙”一般，使你随时能“碰”。能打这墙的，能碰而不感到痛苦的，是胜利者。——但是，此刻太平湖饭店之宴已近阑珊，大家都已经吃到冰其淋，在那里“冷一冷”了罢……

我于是仿佛看见雪白的桌布已经沾了许多酱油渍，男男女女围着桌子都吃冰其淋，而许多媳妇儿，就如中国历来的大多数媳妇儿在苦节的婆婆脚下似的，都决定了暗淡的运命。

我吸了两支烟，眼前也光明起来，幻出饭店里电灯的光彩，看见教育家在杯酒间谋害学生，看见杀人者于微笑后屠戮百姓，看见死尸在粪土中舞蹈，看见污秽洒满了风籁琴，我想取作画图，竟不能画成一线。我为什么要做教员，连自己也侮蔑自己起来。但是织芳来访我了。

我们闲谈之间，他也忽而发感慨——

“中国什么都黑暗，谁也不行，但没有事的时候是看不出来的。教员咧，学生咧，烘烘烘，烘烘烘，真像一个学校，一有事故，教员也不见了，学生也慢慢躲开了；结局只剩下几个傻子给大家做牺牲，算是收束。多少天之后，又是这样的学校，躲开的也出来了，不见的也露脸了，‘地球是圆的’咧，‘苍蝇是传染病的媒介’咧，又是学生咧，教员咧，烘烘烘……”

从不像我似的常常“碰壁”的青年学生的眼睛看来，中国也就如此之黑暗么？然而他们仅有微弱的呻吟，然而一呻吟就被杀戮了！

五月二十一日夜

我谈“堕民”

六月二十九日的《自由谈》里，唐弢先生曾经讲到浙东的堕民，并且据《堕民猥谈》之说，以为是宋将焦光瓒的部属，因为降金，为时人所不齿，至明太祖，乃榜其门曰“丐户”，此后他们遂在悲苦和被人轻蔑的环境下过着日子。

我生于绍兴，堕民是幼小时候所常见的人，也从父老的口头，听到过同样的他们所以成为堕民的缘起。但后来我怀疑了。因为我想，明太祖对于元朝，尚且不肯放肆，他是决不会来管隔一朝代的降金的宋将的；况且看他们的职业，分明还有“教坊”或“乐户”的余痕，所以他们的祖先，倒是明初的反抗洪武和永乐皇帝的忠臣义士也说不定。还有一层，是好人的子孙会吃苦，卖国者的子孙却未必变成堕民的，举出最近便的例子来，则岳飞的后裔还在杭州看守岳王坟，可是过着很穷苦悲惨的生活，然而秦桧、严嵩……的后人呢？……

不过我现在并不想翻这样的陈年账。我只要说，在绍兴的堕民，是一种已经解放了的奴才，这解放就在雍正年间罢，也说不定。所以他们是已经都有别的职业的了，自然是贱业。男人们是收旧货，卖鸡毛，捉青蛙，做戏；女的则每逢过年过节，到她所认为主人的家里去道喜，有庆吊事情就帮忙，在这里还留着奴才的皮毛，但事毕便走，而且有颇多的犒赏，就可见是曾经解放过的了。

每一家堕民所走的主人家是有一定的，不能随便走；婆婆死了，就使儿媳妇去，传给后代，恰如遗产一般；必须非常贫穷，将走动的权利卖给了别人，这才和旧主人断绝了关系。假使你无端叫她不要来了，那就是等于给与她重大的侮辱。我还记得民国革命之后，我的母亲曾对一个堕民的女人说："以后我们都一样了，你们可以不要来了。"不料她却勃然变色，愤愤地回答道："你说的是什么话？……我们是千年万代，要走下去的！"

就是为了一点点犒赏，不但安于做奴才，而且还要做更广泛的奴才，还得出钱去买做奴才的权利，这是堕民以外的自由人所万想不到的罢。

七月三日

这个与那个

一　读经与读史

一个阔人说要读经，嗡的一阵一群狭人也说要读经。岂但“读”而已矣哉，据说还可以“救国”哩。“学而时习之，不亦说乎？”那也许是确凿的罢，然而甲午战败了，——为什么独独要说“甲午”呢，是因为其时还在开学校，废读经以前。

我以为伏案还未功深的朋友，现在正不必埋头来哼线装书。倘其咿唔日久，对于旧书有些上瘾了，那么，倒不如去读史，尤其是宋朝明朝史，而且尤须是野史；或者看杂说。

现在中西的学者们，几乎一听到“钦定四库全书”这名目就魂不附体，膝弯总要软下来似的。其实呢，书的原式是改变了，错字是加添了，甚至于连文章都删改了，最便当的是《琳琅秘室丛书》中的两种《茅亭客话》，一是宋本，一是四库本，一比较就知道。“官修”而加以“钦定”的正史也一样，不但本纪咧，列传咧，要摆“史架子”；里面也不敢说什么。据说，字里行间是也含着什么褒贬的，但谁有这么多的心眼儿来猜闷葫芦。至今还道“将平生事迹宣付国史馆立传”，还是算了罢。

野史和杂说自然也免不了有讹传，挟恩怨，但看往事却可以较分明，因为它究竟不像正史那样的装腔作势。看宋事，《三朝北盟汇编》已经变成古董，太贵了，新排印的《宋人说部丛书》却还便宜。明事呢，《野获编》原也好，但也化为古董了，每部数十元；易于入手的是《明季南北略》《明季稗史汇编》，以及新近集印的《痛史》。

史书本来是过去的陈帐簿，和急进的猛士不相干。但先前说过，倘若还不能忘情于咿唔，倒也可以翻翻，知道我们现在的情形，和那时的何其神似，而现在的昏妄举动，糊涂思想，那时也早已有过，并且都闹糟了。

试到中央公园去，大概总可以遇见祖母带着她孙女儿在玩的。这位祖母的模样，就预示着那娃儿的将来。所以倘有谁要预知令夫人后日的丰姿，也只要看丈母。不同是当然要有些不同的，但总归相去不远。我们查账的用处就在此。

但我并不说古来如此，现在遂无可为，劝人们对于"过去"生敬畏心，以为它已经铸定了我们的运命。Le Bon 先生说，死人之力比生人大，诚然也有一理的，然而人类究竟进化着。又据章士钊总长说，则美国的什么地方已在禁讲进化论了，这实在是吓死我也，然而禁只管禁，进却总要进的。

总之，读史，就愈可以觉悟中国改革之不可缓了。虽是国民性，要改革也得改革，否则，杂史杂说上所写的就是前车。一改革，就无须怕孙女儿总要像点祖母那些事，譬如祖母的脚是三角形，步履维艰的，小姑娘的却是天足，能飞跑；丈母老太太出过天花，脸上有些缺点的，令夫人却种的是牛痘，所以细皮白肉：这也就大差其远了。

十二月八日

二　捧与挖

中国的人们，遇见带有会使自己不安的朕兆的人物，向来就用两样法：将他压下去，或者将他捧起来。

压下去就用旧习惯和旧道德，或者凭官力，所以孤独的精神的战士，虽然为民众战斗，却往往反为这“所为”而灭亡。到这样，他们这才安心了。压不下时，则于是乎捧，以为抬之使高，餍之使足，便可以于己稍稍无害，得以安心。

伶俐的人们，自然也有谋利而捧的，如捧阔老，捧戏子，捧总长之类；但在一般粗人，——就是未尝“读经”的，则凡有捧的行为的“动机”，大概是不过想免害。即以所奉祀的神道而论，也大抵是凶恶的，火神瘟神不待言，连财神也是蛇呀刺猬呀似的骇人的畜类；观音菩萨倒还可爱，然而那是从印度输入的，并非我们的“国粹”。要而言之：凡有被捧者，十之九不是好东西。

既然十之九不是好东西，则被捧而后，那结果便自然和捧者的希望适得其反了。不但能使不安，还能使他们很不安，因为人心本来不易餍足。然而人们终于至今没有悟，还以捧为苟安之一道。

记得有一部讲笑话的书，名目忘记了，也许是《笑林广记》罢，说，当一个知县的寿辰，因为他是子年生，属鼠的，属员们便集资铸了一个金老鼠去作贺礼。知县收受之后，另寻了机会对大众说道：明年又恰巧是贱内的整寿；她比我小一岁，是属牛的。其实，如果大家先不送金老鼠，他决不敢想金牛。一送开手，可就难于收拾了，无论金牛无力致送，即使送了，怕他的姨太太也会属象。象不在十二生肖之内，似乎不近情理罢，但这是我替他设想的法子罢了，知县当然别有我们所莫测高深的妙法在。

民元革命时候，我在S城，来了一个都督。他虽然也出身绿林大学，未尝“读经”（？），但倒是还算顾大局，听舆论的，可是自绅士以至于庶民，又用了祖传的捧法群起而捧之了。这个拜会，那个恭维，今天送衣料，明天送翅席，捧得他连自己也忘其所以，结果是渐渐变成老官僚一样，动手刮地皮。

最奇怪的是北几省的河道，竟捧得河身比屋顶高得多了。当初自然是防其溃决，所以壅上一点土；殊不料愈壅愈高，一旦溃决，那祸害就更大。于是就“抢堤”咧，“护堤”咧，“严防决堤”咧，花色繁多，大家吃苦。如果当初见河水泛滥，不去增堤，却去挖底，我以为决不至于这样。

有贪图金牛者，不但金老鼠，便是死老鼠也不给。那么，此辈也就连生日都未必做了。单是省却拜寿，已经是一件大快事。

中国人的自讨苦吃的根苗在于捧，“自求多福”之道却在于挖。其实，劳力之量是差不多的，但从惰性太多的人们看来，却以为还是捧省力。

十二月十日

三　最先与最后

《韩非子》说赛马的妙法，在于“不为最先，不耻最后”。这虽是从我们这样外行的人看起来，也觉得很有理。因为假若一开首便拼命奔驰，则马力易竭。但那第一句是只适用于赛马的，不幸中国人却奉为人的处世金针了。

中国人不但“不为戎首”“不为祸始”，甚至于“不为福先”。所以凡事都不容易有改革；前驱和闯将，大抵是谁也怕得做。然而人性岂真能如道家所说的那样恬淡；欲得的却多。既然不敢径取，就只好用阴谋和手段。以此，人们也就日见其卑怯了，既是“不为最先”，自然也不敢“不耻最后”，所以虽是一大堆群众，略见危机，便“纷纷作鸟兽散”了。如果偶有几个不肯退转，因而受害的，公论家便异口同声，称之曰傻子。对于“锲而不舍”的人们也一样。

我有时也偶尔去看看学校的运动会。这种竞争，本来不像两敌国的开战，挟有仇隙的，然而也会因了竞争而骂，或者竟打起来。但这些事又作别论。竞走的时候，大抵是最快的三四个人一到决胜点，其余的便松懈了，有几个还至于失了跑完预定的圈数的勇气，中途挤入看客的群集中；或者佯为跌倒，使红十字队用担架将他抬走。假若偶有虽然落后，却尽跑，尽跑的人，大家就嗤笑他。大概是因为他太不聪明，“不耻最后”的缘故罢。

所以中国一向就少有失败的英雄，少有韧性的反抗，少有敢单身鏖战的武人，少有敢抚哭叛徒的吊客；见胜兆则纷纷聚集，见败兆则纷纷逃亡。

战具比我们精利的欧美人，战具未必比我们精利的匈奴蒙古满洲人，都如入无人之境。“土崩瓦解”这四个字，真是形容得有自知之明。

多有“不耻最后”的人的民族，无论什么事，怕总不会一下子就“土崩瓦解”的，我每看运动会时，常常这样想：优胜者固然可敬，但那虽然落后而仍非跑至终点不止的竞技者，和见了这样竞技者而肃然不笑的看客，乃正是中国将来的脊梁。

四　流产与断种

近来对于青年的创作，忽然降下一个“流产”的恶谥，哄然应和的就有一大群。我现在相信，发明这话的是没有什么恶意的，不过偶尔说一说；应和的也是情有可原的，因为世事本来大概就这样。

我独不解中国人何以于旧状况那么心平气和，于较新的机运就这么疾首蹙额；于已成之局那么委曲求全，于初兴之事就这么求全责备？

智识高超而眼光远大的先生们开导我们：生下来的倘不是圣贤、豪杰、天才，就不要生；写出来的倘不是不朽之作，就不要写；改革的事倘不是一下子就变成极乐世界，或者，至少能给我（！）有更多的好处，就万万不要动！……

那么，他是保守派么？据说：并不然的。他正是革命家。唯独他有公平、正当、稳健、圆满、平和、毫无流弊的改革法；现下正在研究室里研究着哩，——只是还没有研究好。

什么时候研究好呢？答曰：没有准儿。

孩子初学步的第一步，在成人看来，的确是幼稚、危险，不成样子，或者简直是可笑的。但无论怎样的愚妇人，却总以恳切的希望的心，看他跨出这第一步去，决不会因为他的走法幼稚，怕要阻碍阔人的路线而“逼死”他；也决不至于将他禁在床上，使他躺着研究到能够飞跑时再下地。因为她知道：假如这么办，即使长到一百岁也还是不会走路的。

古来就这样，所谓读书人，对于后起者却反而专用彰明较著的或改头换面的禁锢。近来自然客气些，有谁出来，大抵会遇见学士文人们挡驾：且住，请坐。接着是谈道理了：调查，研究，推敲，修养，……结果是老死在原地方。否则，便得到“捣乱”的称号。我也曾有如现在的青年一样，向已死和未死的导师们问过应走的路。他们都说：不可向东，或西，或南，或北。但不说应该向东，或西，或南，或北。我终于发见他们心底里的蕴蓄了：不过是一个“不走”而已。

坐着而等待平安，等待前进，倘能，那自然是很好的，但可虑的是老死而所等待的却终于不至；不生育，不流产而等待一个英伟的宁馨儿，那自然也很可喜的，但可虑的是终于什么也没有。

倘以为与其所得的不是出类拔萃的婴儿，不如断种，那就无话可说。但如果我们永远要听见人类的足音，则我以为流产究竟比不生产还有望，因为这已经明明白白地证明着能够生产的了。

十二月二十日

难行和不信

中国的“愚民”——没有学问的下等人，向来就怕人注意他。如果你无端地问他多少年纪，什么意见，兄弟几个，家景如何，他总是支吾一通之后，躲了开去。有学识的大人物，很不高兴他们这样的脾气。然而这脾气总不容易改，因为他们也实在从经验而来的。

假如你被谁注意了，一不小心，至少就不免上一点小当，譬如罢，中国是改革过的了，孩子们当然早已从“孟宗哭竹”“王祥卧冰”的教训里蜕出，然而不料又来了一个崭新的“儿童年”，爱国之士，因此又想起了“小朋友”，或者用笔，或者用舌，不怕劳苦地来给他们教训。一个说要用功，古时候曾有“囊萤照读”“凿壁偷光”的志士；一个说要爱国，古时候曾有十几岁突围请援，十四岁上阵杀敌的奇童。这些故事，作为闲谈来听听是不算很坏的，但万一有谁相信了，照办了，那就会成为乳臭未干的吉诃德。你想，每天要捉一袋照得见四号铅字的萤火虫，那岂是一件容易事？但这还只是不容易罢了，倘去凿壁，事情就更糟，无论在那里，至少是挨一顿骂之后，立刻由爸爸妈妈赔礼，雇人去修好。

请援、杀敌，更加是大事情，在外国，都是三四十岁的人们所做的。他们那里的儿童，着重的是吃、玩、认字，听些极普通、极紧要的常识。中国的儿童给大家特别看得起，那当然也很好，然而出来的题目就因此常常是难题，仍如飞剑一样，非上武当山寻师学道之后，决计没法办。到了二十世纪，古人空想中的潜水艇、飞行机，是实地上成功了，但《龙文鞭影》或《幼学琼林》里的模范故事，却还有些难学。我想，便是说教的人，恐怕自己也未必相信罢。

所以听的人也不相信。我们听了千多年的剑仙侠客，去年到武当山去的只有三个人，只占全人口的五百兆分之一，就可见。古时候也许还要多，现在是有了经验，不大相信了，于是照办的人也少了。——但这是我个人的推测。

不负责任的，不能照办的教训多，则相信的人少；利己损人的教训多，则相信的人更其少。“不相信”就是“愚民”的远害的堑壕，也是使他们成为散沙的毒素。然而有这脾气的也不但是“愚民”，虽是说教的士大夫，相信自己和别人的，现在也未必有多少。例如既尊孔子，又拜活佛者，也就是恰如将他的钱试买各种股票，分存许多银行一样，其实是那一面都不相信的。

七月一日

不知肉味和不知水味

今年的尊孔，是民国以来第二次的盛典，凡是可以施展出来的，几乎全都施展出来了。上海的华界虽然接近夷（亦作彝）场，也听到了当年孔子听得“三月不知肉味”的“韶乐”。八月三十日的《申报》报告我们说——

> 廿七日本市各界在文庙举行孔诞纪念会，到党政机关，及各界代表一千余人。有大同乐会演奏中和韶乐二章，所用乐器因欲扩大音量起见，不分古今，凡属国乐器，一律配入，共四十种。其谱一仍旧贯，并未变动。聆其节奏，庄严肃穆，不同凡响，令人悠然起敬，如亲三代以上之承平雅颂，亦即我国民族性酷爱和平之表示也。……

乐器不分古今，一律配入，盖和周朝的韶乐，该已很有不同。但为“扩大音量起见”，也只能这么办，而且和现在的尊孔的精神，也似乎十分合拍的。“孔子，圣之时者也”，“亦即圣之摩登者也”，要三月不知鱼翅燕窝味，乐器大约决非“共四十种”不可；况且那时候，中国虽然已有外患，却还没有夷场。

不过因此也可见时势究竟有些不同了，纵使“扩大音量”，终于还扩不到乡间，同日的《中华日报》上，就记着一则颇伤“承平雅颂，亦即我国民族性酷爱和平之表示”的体面的新闻，最不凑巧的是事情也出在二十七——

> （宁波通讯）余姚入夏以来，因天时亢旱，河水干涸，住民饮料，大半均在河畔开凿土井，借以汲取，故往往因争先后，而起冲突。廿七日上午，距姚城四十里之朗霞镇后方屋地方，居民杨厚坤与姚士莲，又因争井水，发生冲突，互相加殴。姚士莲以烟筒头猛击杨头部，杨当即昏倒在地。继姚又以木棍石块击杨中要害，竟遭殴毙。迨邻近闻声施救，杨早已气绝。而姚士莲见已闯祸，知必不能免，即乘机逃避……

闻韶，是一个世界，口渴，是一个世界。食肉而不知味，是一个世界，口渴而争水，又是一个世界。自然，这中间大有君子小人之分，但“非小人无以养君子”，到底还不可任凭他们互相打死，渴死的。

听说在阿拉伯，有些地方，水已经是宝贝，为了喝水，要用血去换。“我国民族性”是“酷爱和平”的，想必不至于如此。但余姚的实例却未免有点怕人，所以我们除食肉者听了而不知肉味的“韶乐”之外，还要不知水味者听了而不想水喝的“韶乐”。

八月二十九日

“公理”的把戏

自从去年春间，北京女子师范大学有了反对校长杨荫榆事件以来，于是而有该校长在太平湖饭店请客之后，任意将学生自治会员六人除名的事；有引警察及打手蜂拥入校的事；迨教育总长章士钊复出，遂有非法解散学校的事；有司长刘百昭雇用流氓女丐殴曳学生出校，禁之补习所空屋中的事；有手忙脚乱，急挂女子大学招牌以掩天下耳目的事；有胡敦复之趁火打劫，攫取女大校长饭碗，助章士钊欺罔世人的事。女师大的许多教职员，——我敢特地声明：并不是全体！——本极以章杨的措置为非，复痛学生之无辜受戮，无端失学，而校务维持会之组织，遂愈加严固。我先是该校的一个讲师，于黑暗残虐情形，多曾目睹；后是该会的一个委员，待到女师大在宗帽胡同自赁校舍，而章士钊尚且百端迫压的苦痛，也大抵亲历的。当章氏势焰熏天时，我也曾环顾这首善之区，寻求所谓“公理”“道义”之类而不得；而现在突起之所谓“教育界名流”者，那时则鸦雀无声；甚且捧献肉麻透顶的呈文，以歌颂功德。但这一点，我自然也判不定是因为畏章氏有嗾使兵警痛打之威呢，还是贪图分润金款之利，抑或真以他为“公理”或“道义”等类的具象的化身？但是，从章氏逃走，女师大复校以后，所谓“公理”等件，我却忽而间接地从女子大学在撷英馆宴请“北京教育界名流及女大学生家长”的席上找到了。

据十二月十六日的《北京晚报》说，则有些“名流”即于十四日晚六时在那个撷英番菜馆开会。请吃饭的，去吃饭的，在中国一天不知道有多多少少，本不与我相干，虽然也令我记起杨荫榆也爱在太平湖饭店请人吃饭的旧事。但使我留心的是，从这饭局里产生了“教育界公理维持会”，从这会又变出“国立女子大学后援会”，从这会又发出“致国立各校教职员联席会议函”，声势浩大，据说是“而于该校附和暴徒，自堕人格之教职员，即不能投畀豺虎，亦宜屏诸席外，勿与为伍”云。他们之所谓“暴徒”，盖即刘百昭之所谓“土匪”，官僚名流，口吻如一，从局外人看来，不过煞是可笑而已。而我是女师大维持会员之一，又是女师大教员，人格所关，当然有抗议的权利。岂但抗议？“投虎”“割席”，“名流”的熏灼之状，竟至于斯，则虽报以恶声，亦不为过。但也无须如此，只要看一看这些“名流”究竟是什么东西，就尽够了。报上和函上有名单：

除了万里鸣是太平湖饭店掌柜，以及董子鹤辈为我所不知道的不计外，陶昌善是农大教务长、教长兼农大校长章士钊的替身；石志泉是法大教务长；查良钊是师大教务长；李顺卿、王桐龄是师大教授；萧友梅是前女师大而今女大教员；蹇华芬是前女师大而今女大学生；马寅初是北大讲师，又是中国银行的什么，也许是“总司库”，这些名目我记不清楚了；燕树棠、白鹏飞、陈源即做《闲话》的西滢、丁燮林即做过《一只马蜂》的西林、周鲠生即周览、皮宗石、高一涵、李仲揆即李四光曾有一篇杨荫榆要用汽车迎他“观剧”的作品登在《现代评论》上的，都是北大教授，又大抵原住在东吉祥胡同，又大抵是先前反对北大对章士钊独立的人物，所以当章士钊炙手可热之际，《大同晚报》曾称他们为“东吉祥派的正人君子”，虽然他们那时并没有开什么“公理”会。但他们的住址，今年新印的《北大职员录》上可很有些含糊了，我所依据的是民国十一年的本子。

日本人学了中国人口气的《顺天时报》，即大表同情于女子大学，据说多人的意见，以为女师大教员多系北大兼任，有附属于北大之嫌。亏它征得这么多人的意见。然而从上列的名单看来，那观察是错的。女师大向来少有专任教员，正是杨荫榆的狡计，这样，则校长即可以独揽大权；当我们说话时，高仁山即以讲师不宜与闻校事来箝制我辈之口。况且女师大也决不因为中有北大教员，即精神上附属于北大，便是北大教授，正不乏有当学生反对杨荫榆的时候，即协力来歼灭她们的人。即如八月七日的《大同晚报》，就有“某当局……谓北大教授中，如东吉祥派之正人君子，亦主张解散”等语。《顺天时报》的记者倘竟不知，可谓昏瞀，倘使知道而故意淆乱黑白，那就有挑拨对于北大怀着恶感的人物，将那恶感蔓延于女师大之嫌，居心可谓卑劣。但我们国内战争，尚且常有日本浪人从中作祟，使良民愈陷于水深火热之中，更何况一校女生和几个教员之被诬蔑。我们也只得自责国人之不争气，竟任这样的报纸跳梁！

北大教授王世杰在撷英馆席上演说，即云“本人决不主张北大少数人与女师大合作”，就可以证明我前言的不诬。至又谓“照北大校章教职员不得兼他机关主要任务，然而现今北大教授在女师大兼充主任者已有五人，实属违法，应加以否认云云”，则颇有语病。北大教授兼国立京师图书馆副馆长月薪至少五六百元的李四光，不也是正在坐中“维持公理”，而且演说的么？使之何以为情？李教授兼副馆长的演说辞，报上却不载；但我想，大概是不赞成这个办法的。

北大教授燕树棠谓女大学生极可佩服，而对于“形同土匪破坏女大的人应以道德上之否认加之”，则竟连所谓女大教务长萧纯锦的自辩女大当日所埋伏者是听差而非流氓的启事也没有见，却已一口咬定，嘴上忽然跑出一个“道德”来了。那么，对于形同鬼蜮破坏女师大的人，应以什么上之否认加之呢？

“公理”实在是不容易谈，不但在一个维持会上，就要自相矛盾，有时竟至于会用了“道义”上之手，自批“公理”上之脸的嘴巴。西滢是曾在《现代评论》（三十八）的《闲话》里冷嘲过援助女师大的人们的：“外国人说，中国人是重男轻女的。我看不见得吧。”现在却签名于什么公理会上了，似乎性情或体质有点改变。而且曾经感慨过：“你代被群众专制所压迫者说了几句公平话，那么你不是与那人有‘密切的关系’便是吃了他或她的酒饭。”（《现代》四十）然而现在的公理什么会上的言论和发表的文章上，却口口声声，侧重多数了；似乎主张又颇有些参差，只有“吃饭”的一件事还始终如一。在《现代评论》（五十三）上，自诩是“所有的批评都本于学理和事实，决不肆口谩骂”，而忘却了自己曾称女师大为“臭毛厕”，并且署名于要将人“投畀豺虎”的信尾曰：陈源。陈源不就是西滢么？半年的事，几个的人，就这么矛盾支离，实在可以使人悯笑。但他们究竟是聪明的，大约不独觉得“公理”歪邪，而且连自己们的“公理维持会”也很有些歪邪了罢，所以突然一变而为“女子大学后援会”了，这是的确的，后援，就是站在背后的援助。

但是十八日《晨报》上所载该后援会开会的记事，却连发言的人的名姓也没有了，一律叫作“某君”。莫非后来连对于自己的姓名也觉得可羞，真是“内愧于心”了？还是将人“投畀豺虎”之后，预备归过于“某君”，免得自己负责任，受报复呢？虽然报复的事，并为“正人君子”们所反对，但究竟还不如先使人不知道“后援”者为谁的稳当，所以即使为着“道义”，而坦白的态度，也仍为他们所不取罢。因为明白地站出来，就有些“形同土匪”或“暴徒”，怕要失了专在背后，用暗箭的聪明人的人格。

其实，撷英馆里和后援会中所啸聚的一彪人马，也不过是各处流来的杂人，正如我一样，到北京来骗一口饭，岂但“投畀豺虎”，简直是已经“投畀有北”的了。这算得什么呢？以人论，我与王桐龄、李顺卿虽曾在西安点首谈话，却并不当作朋侪；与陈源虽尝在给泰戈尔祝寿的戏台前一握手，而早已视为异类，又何至于会有和他们连席之意？而况于不知什么东西的杂人等辈也哉！以事论，则现在的教育界中实无豺虎，但有些城狐社鼠之流，那是当然不能免的。不幸十余年来，早见得不少了；我之所以对于有些人的口头的鸟“公理”而不敬者，即大抵由于此。

十二月十八日

病后杂谈

一

生一点病，的确也是一种福气。不过这里有两个必要条件：一要病是小病，并非什么霍乱吐泻、黑死病、或脑膜炎之类；二要至少手头有一点现款，不至于躺一天，就饿一天。这二者缺一，便是俗人，不足与言生病之雅趣的。

我曾经爱管闲事，知道过许多人，这些人物，都怀着一个大愿。大愿，原是每个人都有的，不过有些人却模模糊糊，自己抓不住，说不出。他们中最特别的有两位：一位是愿天下的人都死掉，只剩下他自己和一个好看的姑娘，还有一个卖大饼的；另一位是愿秋天薄暮，吐半口血，两个侍儿扶着，恹恹地到阶前去看秋海棠。这种志向，一看好像离奇，其实却照顾得很周到。第一位姑且不谈他罢，第二位的“吐半口血”，就有很大的道理。才子本来多病，但要“多”，就不能重，假使一吐就是一碗或几升，一个人的血，能有几回好吐呢？过不几天，就雅不下去了。

我一向很少生病，上月却生了一点点。开初是每晚发热，没有力，不想吃东西，一礼拜不肯好，只得看医生。医生说是流行性感冒。好罢，就是流行性感冒。但过了流行性感冒一定退热的时期，我的热却还不退。

医生从他那大皮包里取出玻璃管来，要取我的血液，我知道他在疑心我生伤寒病了，自己也有些发愁。然而他第二天对我说，血里没有一粒伤寒菌；于是注意地听肺，平常；听心，上等。这似乎很使他为难。我说，也许是疲劳罢；他也不甚反对，只是沉吟着说，但是疲劳的发热，还应该低一点。……

好几回检查了全体，没有死症，不至于呜呼哀哉是明明白白的，不过是每晚发热，没有力，不想吃东西而已，这真无异于"吐半口血"，大可享生病之福了。因为既不必写遗嘱，又没有大痛苦，然而可以不看正经书，不管柴米账，玩他几天，名称又好听，叫作"养病"。从这一天起，我就自己觉得好像有点儿"雅"了；那一位愿吐半口血的才子，也就是那时躺着无事，忽然记了起来的。

光是胡思乱想也不是事，不如看点不劳精神的书，要不然，也不成其为"养病"。像这样的时候，我赞成中国纸的线装书，这也就是有点儿"雅"起来了的证据。洋装书便于插架，便于保存，现在不但有洋装二十五六史，连《四部备要》也硬领而皮靴了，——原是不为无见的。但看洋装书要年富力强，正襟危坐，有严肃的态度。假使你躺着看，那就好像两只手捧着一块大砖头，不多工夫，就两臂酸麻，只好叹一口气，将它放下。所以，我在叹气之后，就去寻线装书。

一寻，寻到了久不见面的《世说新语》之类一大堆，躺着来看，轻飘飘的毫不费力了，魏晋人的豪放潇洒的风姿，也仿佛在眼前浮动。由此想到阮嗣宗的听到步兵厨善于酿酒，就求为步兵校尉；陶渊明的做了彭泽令，就教官田都种秫，以便做酒，因了太太的抗议，这才种了一点秔。这真是天趣盎然，决非现在的"站在云端里呐喊"者们所能望其项背。但是，"雅"要想到适可而止，再想便不行。例如阮嗣宗可以求做步兵校尉，陶渊明补了彭泽令，他们的地位，就不是一个平常人，要"雅"，也还是要地位。"采菊东篱下，悠然见南山"是渊明的好句，但我们在上海学起来可就难了。没有南山，我们还可以改作"悠然见洋房"或"悠然见烟囱"的，然而要租一所院子里有点竹篱，可以种菊的房子，租钱就每月总得一百两，水电在外；巡捕捐按房租百分之十四，每月十四两。单是这两项，每月就是一百十四两，每两作一元四角算，等于一百五十九元六。近来的文稿又不值钱，每千字最低的只有四五角，因为是学陶渊明的雅人的稿子，现在算他每千字三大元罢，但标点、洋文、空白除外。那么，单单为了采菊，他就得每月译作净五万三千二百字。吃饭呢？要另外想法子生发，否则，他只好“饥来驱我去，不知竟何之”了。

“雅”要地位，也要钱，古今并不两样的，但古代的买雅，自然比现在便宜；办法也并不两样，书要摆在书架上，或者抛几本在地板上，酒杯要摆在桌子上，但算盘却要收在抽屉里，或者最好是在肚子里。

此之谓“空灵”。

二

为了“雅”，本来不想说这些话的。后来一想，这于“雅”并无伤，不过是在证明我自己的“俗”。王夷甫口不言钱，还是一个不干不净人物，雅人打算盘，当然也无损其为雅人。不过他应该有时收起算盘，或者最妙是暂时忘却算盘，那么，那时的一言一笑，就都是灵机天成的一言一笑，如果念念不忘世间的利害，那可就成为“杭育杭育派”了。这关键，只在一者能够忽而放开，一者却是永远执着，因此也就大有了雅俗和高下之分。我想，这和时而“敦伦”者不失为圣贤，连白天也在想女人的就要被称为“登徒子”的道理，大概是一样的。

所以我恐怕只好自己承认“俗”，因为随手翻了一通《世说新语》，看过“娵隅跃清池”的时候，千不该万不该的竟从“养病”想到“养病费”上去了，于是一骨碌爬起来，写信讨版税，催稿费。写完之后，觉得和魏晋人有点隔膜，自己想，假使此刻有阮嗣宗或陶渊明在面前出现，我们也一定谈不来的。于是另换了几本书，大抵是明末清初的野史，时代较近，看起来也许较有趣味。第一本拿在手里的是《蜀碧》。

这是蜀宾从成都带来送我的，还有一部《蜀龟鉴》，都是讲张献忠祸蜀的书，其实是不但四川人，而是凡有中国人都该翻一下的著作，可惜刻的太坏，错字颇不少。翻了一遍，在卷三里看见了这样的一条——

> 又，剥皮者，从头至尻，一缕裂之，张于前，如鸟展翅，率逾日始绝。有即毙者，行刑之人坐死。

也还是为了自己生病的缘故罢，这时就想到了人体解剖。医术和虐刑，是都要生理学和解剖学智识的。中国却怪得很，固有的医书上的人身五脏图，真是草率错误到见不得人，但虐刑的方法，则往往好像古人早懂得了现代的科学。例如罢，谁都知道从周到汉，有一种施于男子的“宫刑”，也叫“腐刑”，次于“大辟”一等。对于女性就叫“幽闭”，向来不大有人提起那方法，但总之，是决非将她关起来，或者将它缝起来。近时好像被我查出一点大概来了，那办法的凶恶，妥当，而又合乎解剖学，真使我不得不吃惊。但妇科的医书呢？几乎都不明白女性下半身的解剖学的构造，他们只将肚子看作一个大口袋，里面装着莫名其妙的东西。

单说剥皮法，中国就有种种。上面所抄的是张献忠式；还有孙可望式，见于屈大均的《安龙逸史》，也是这回在病中翻到的。其时是永历六年，即清顺治九年，永历帝已经躲在安隆（那时改为安龙），秦王孙可望杀了陈邦传父子，御史李如月就弹劾他“擅杀勋将，无人臣礼”，皇帝反打了如月四十板。可是事情还不能完，又给孙党张应科知道了，就去报告了孙可望。

> 可望得应科报，即令应科杀如月，剥皮示众。俄缚如月至朝门，有负石灰一筐，稻草一捆，置于其前。如月问：“如何用此？”其人曰：“是揎你的草！”如月叱曰：“瞎奴！此株株是文章，节节是忠肠也！”既而应科立右角门阶，捧可望令旨，喝如月跪。如月叱曰：“我是朝廷命官，岂跪贼令？！”乃步至中门，向阙再拜。……应科促令仆地，剖脊，及臀，如月大呼曰：“死得快活，浑身清凉！”又呼可望名，大骂不绝。及断至手足，转前胸，

犹微声恨骂；至颈绝而死。随以灰渍之，纫以线，后乃入草，移北城门通衢阁上，悬之。……

张献忠的自然是“流贼”式；孙可望虽然也是流贼出身，但这时已是保明拒清的柱石，封为秦王，后来降了满洲，还是封为义王，所以他所用的其实是官式。明初，永乐皇帝剥那忠于建文帝的景清的皮，也就是用这方法的。大明一朝，以剥皮始，以剥皮终，可谓始终不变；至今在绍兴戏文里和乡下人的嘴上，还偶然可以听到“剥皮揎草”的话，那皇泽之长也就可想而知了。

真也无怪有些慈悲心肠人不愿意看野史，听故事；有些事情，真也不像人世，要令人毛骨悚然，心里受伤，永不全愈的。残酷的事实尽有，最好莫如不闻，这才可以保全性灵，也是“是以君子远庖厨也”的意思。比灭亡略早的晚明名家的潇洒小品在现在的盛行，实在也不能说是无缘无故。不过这一种心地晶莹的雅致，又必须有一种好境遇，李如月仆地“剖脊”，脸孔向下，原是一个看书的好姿势，但如果这时给他看袁中郎的《广庄》，我想他是一定不要看的。这时他的性灵有些儿不对，不懂得真文艺了。

然而，中国的士大夫是到底有点雅气的，例如李如月说的“株株是文章，节节是忠肠”，就很富于诗趣。临死做诗的，古今来也不知道有多少。直到近代，谭嗣同在临刑之前就做一绝“闭门投辖思张俭”，秋瑾女士也有一句“秋雨秋风愁杀人”，然而还雅得不够格，所以各种诗选里都不载，也不能卖钱。

三

清朝有灭族，有凌迟，却没有剥皮之刑，这是汉人应该惭愧的，但后来脍炙人口的虐政是文字狱。虽说文字狱，其实还含着许多复杂的原因，在这里不能细说；我们现在还直接受到流毒的，是他删改了许多古人的著作的字句，禁了许多明清人的书。

《安龙逸史》大约也是一种禁书，我所得的是吴兴刘氏嘉业堂的新刻本。他刻的前清禁书还不止这一种，屈大均的又有《翁山文外》；还有蔡显的《闲渔闲闲录》，是作者因此“斩立决”，还累及门生的，但我细看了一遍，却又寻不出什么忌讳。对于这种刻书家，我是很感激的，因为他传授给我许多知识——虽然从雅人看来，只是些庸俗不堪的知识。但是到嘉业堂去买书，可真难。我还记得，今年春天的一个下午，好容易在爱文义路找着了，两扇大铁门，叩了几下，门上开了一个小方洞，里面有中国门房，中国巡捕，白俄镖师各一位。巡捕问我来干什么的。我说买书。他说账房出去了，没有人管，明天再来罢。我告诉他我住得远，可能给我等一会呢？他说，不成！同时也堵住了那个小方洞。过了两天，我又去了，改作上午，以为此时账房也许不至于出去。但这回所得回答却更其绝望，巡捕曰：“书都没有了！卖完了！不卖了！”

我就没有第三次再去买，因为实在回复得斩钉截铁。现在所有的几种，是托朋友去辗转买来的，好像必须是熟人或走熟的书店，这才买得到。

每种书的末尾，都有嘉业堂主人刘承干先生的跋文，他对于明季的遗老很有同情，对于清初的文祸也颇不满。但奇怪的是他自己的文章却满是前清遗老的口风；书是民国刻的，“儀”字还缺着末笔。我想，试看明朝遗老的著作，反抗清朝的主旨，是在异族的入主中夏的，改换朝代，倒还在其次。所以要顶礼明末的遗民，必须接受他的民族思想，这才可以心心相印。现在以明遗老之仇的满清的遗老自居，却又引明遗老为同调，只着重在“遗老”两个字，而毫不问遗于何族，遗在何时，这真可以说是“为遗老而遗老”，和现在文坛上的“为艺术而艺术”，成为一副绝好的对子了。

倘以为这是因为“食古不化”的缘故，那可也并不然。中国的士大夫，该化的时候，就未必决不化。就如上面说过的《蜀龟鉴》，原是一部笔法都仿《春秋》的书，但写到“圣祖仁皇帝康熙元年春正月”，就有“赞”道：“……明季之乱甚矣！风终《豳》，雅终《召旻》，托乱极思治之隐忧而无其实事，孰若于臣祖亲见之，臣身亲被之乎？是编以元年正月终者，非徒谓体元表正，蔑以加兹；生逢盛世，荡荡难名，一以寄没世不忘之恩，一以见太平之业所由始耳！”

《春秋》上是没有这种笔法的。满洲的肃王的一箭，不但射死了张献忠，也感化了许多读书人，而且改变了“春秋笔法”了。

四

病中来看这些书，归根结蒂，也还是令人气闷。但又开始知道了有些聪明的士大夫，依然会从血泊里寻出闲适来。例如《蜀碧》，总可以说是够惨的书了，然而序文后面却刻着一位乐斋先生的批语道：“古穆有魏晋间人笔意。”

这真是天大的本领！那死似的镇静，又将我的气闷打破了。

我放下书，合了眼睛，躺着想想学这本领的方法，以为这和“君子远庖厨也”的法子是大两样的，因为这时是君子自己也亲到了庖厨里。瞑想的结果，拟定了两手太极拳。一，是对于世事要“浮光掠影”，随时忘却，不甚了然，仿佛有些关心，却又并不恳切；二，是对于现实要“蔽聪塞明”，麻木冷静，不受感触，先由努力，后成自然。第一种的名称不大好听，第二种却也是却病延年的要诀，连古之儒者也并不讳言的。这都是大道。还有一种轻捷的小道，是：彼此说谎，自欺欺人。

有些事情，换一句话说就不大合式，所以君子憎恶俗人的“道破”。其实，“君子远庖厨也”就是自欺欺人的办法：君子非吃牛肉不可，然而他慈悲，不忍见牛的临死的觳觫，于是走开，等到烧成牛排，然后慢慢地来咀嚼。牛排是决不会“觳觫”的了，也就和慈悲不再有冲突，于是他心安理得，天趣盎然，剔剔牙齿，摸摸肚子，“万物皆备于我矣”了。彼此说谎也决不是伤雅的事情，东坡先生在黄州，有客来，就要客谈鬼，客说没有，东坡道：“姑妄言之！”至今还算是一件韵事。

撒一点小谎，可以解无聊，也可以消闷气；到后来，忘却了真，相信了谎。也就心安理得，天趣盎然了起来。永乐的硬做皇帝，一部分士大夫是颇以为不大好的。尤其是对于他的惨杀建文的忠臣。和景清一同被杀的还有铁铉，景清剥皮，铁铉油炸，他的两个女儿则发付了教坊，叫她们做婊子。这更使士大夫不舒服，但有人说，后来二女献诗于原问官，被永乐所知，赦出，嫁给士人了。

这真是“曲终奏雅”，令人如释重负，觉得天皇毕竟圣明，好人也终于得救。她虽然做过官妓，然而究竟是一位能诗的才女，她父亲又是大忠臣，为夫的士人，当然也不算辱没。但是，必须“浮光掠影”到这里为止，想不得下去。一想，就要想到永乐的上谕，有些是凶残猥亵，将张献忠祭梓潼神的“咱老子姓张，你也姓张，咱老子和你联了宗罢。尚飨！”的名文，和他的比起来，真是高华典雅，配登西洋的上等杂志，那就会觉得永乐皇帝决不像一位爱才怜弱的明君。况且那时的教坊是怎样的处所？罪人的妻女在那里是并非静候嫖客的，据永乐定法，还要她们“转营”，这就是每座兵营里都去几天，目的是在使她们为多数男性所凌辱，生出“小龟子”和“淫贱材儿”来！所以，现在成了问题的“守节”，在那时，其实是只准“良民”专利的特典。在这样的治下，这样的地狱里，做一首诗就能超生的么？

我这回从杭世骏的《订讹类编》（续补卷上）里，这才确切地知道了这佳话的欺骗。他说：

> ……考铁长女诗，乃吴人范昌期《题老妓卷》作也。诗云：“教坊落籍洗铅华，一片春心对落花。旧曲听来空有恨，故园归去却无家。云鬟半軃临青镜，雨泪频弹湿绛纱。安得江州司马在，尊前重为赋琵琶。”昌期，字鸣凤；诗见张士瀹《国朝文纂》。同时杜琼用嘉亦有次韵诗，题曰《无题》，则其非铁氏作明矣。次女诗所谓“春来雨露深如海，嫁得刘郎胜阮郎”，其论尤为不伦。宗正睦㮮论革除事，谓建文流落西南诸诗，皆好事伪作，则铁女之诗可知。……

《国朝文纂》我没有见过，铁氏次女的诗，杭世骏也并未寻出根底，但我以为他的话是可信的，——虽然他败坏了口口相传的韵事。况且一则他也是一个认真的考证学者，二则我觉得凡是得到大杀风景的结果的考证，往往比表面说得好听，玩得有趣的东西近真。

首先将范昌期的诗嫁给铁氏长女，聊以自欺欺人的是谁呢？我也不知道。但“浮光掠影”地一看，倒也罢了，一经杭世骏道破，再去看时，就很明白地知道了确是咏老妓之作，那第一句就不像现任官妓的口吻。不过中国的有一些士大夫，总爱无中生有，移花接木地造出故事来，他们不但歌颂升平，还粉饰黑暗。关于铁氏二女的撒谎，尚其小焉者耳，大至胡元杀掠，满清焚屠之际，也还会有人单单捧出什么烈女绝命，难妇题壁的诗词来，这个艳传，那个步韵，比对于华屋丘墟，生民涂炭之惨的大事情还起劲。到底是刻了一本集，连自己们都附进去，而韵事也就完结了。

我在写着这些的时候，病是要算已经好了的了，用不着写遗书。但我想在这里趁便拜托我的相识的朋友，将来我死掉之后，即使在中国还有追悼的可能，也千万不要给我开追悼会或者出什么纪念册。因为这不过是活人的讲演或挽联的斗法场，为了造语惊人，对仗工稳起见，有些文豪们是简直不恤于胡说八道的。结果至多也不过印成一本书，即使有谁看了，于我死人，于读者活人，都无益处，就是对于作者，其实也并无益处，挽联做得好，也不过挽联做得好而已。

现在的意见，我以为倘有购买那些纸墨白布的闲钱，还不如选几部明人、清人或今人的野史或笔记来印印，倒是于大家很有益处的。但是要认真，用点功夫，标点不要错。

十二月十一日

这回是“多数”的把戏

《现代评论》五五期《闲话》的末一段是根据了女大学生的宣言，说女师大学生只有二十个，别的都已进了女大，就深悔从前受了“某种报纸的催眠”。幸而见了宣言，这才省悟过来了，于是发问道：“要是二百人（按据云这是未解散前的数目）中有一百九十九人入了女大便怎样？要是二百人都入了女大便怎样？难道女师大校务维持会招了几个新生也去恢复么？我们不免要奇怪那维持会维持的究竟是谁呢？他们的目的究竟是什么呢？”

这当然要为夏间并不维持女师大而现在则出而维持“公理”的陈源教授所不解的。我虽然是女师大维持会的一个委员，但也知道别一种可解的办法——

二十人都往多的一边跑，维持会早该趋奉章士钊！

我也是“四五十岁的人爱说四五岁的孩子话”，而且爱学奴才话的，所以所说的也许是笑话。但是既经说开，索性再说几句罢：要是二百人中有二百另一人入了女大便怎样？要是维持会员也都入了女大便怎样？要是一百九十九人入了女大，而剩下的一个人偏不要维持便怎样？……

我想这些妙问，大概是无人能答的。这实在问得太离奇，虽是四五岁的孩子也不至于此，——我们不要小觑了孩子。人也许能受“某种报纸的催眠”，但也因人而异，“某君”只限于“某种”；即如我，就决不受《现代评论》或“女大学生某次宣言”的催眠。假如，倘使我看了《闲话》之后，便抚心自问：“要是二百人中有一百九十九人入了女大便怎样？……维持会维持的究竟是谁呢？……”那可真要连自己也奇怪起来，立刻对章士钊的木主肃然起敬了。但幸而连陈源教授所据为典要的《女大学生二次宣言》也还说有二十人，所以我也正不必有什么“杞天之虑”。

记得“公理”时代（可惜这黄金时代竟消失得那么快），不是有人说解散女师大的是章士钊，女大乃另外设立，所以石驸马大街的校址是不该归还的么？自然，或者也可以这样说。但我却没有被其催眠，反觉得这道理比满洲人所说的“亡明者闯贼也，我大清天下，乃得之于闯贼，非取之于明”的话还可笑。从表面上看起来，满人的话，倒还算顺理成章，不过也只能骗顺民，不能骗遗民和逆民，因为他们知道此中的底细。我不聪明，本也很可以相信的，然而竟不被骗者，因为幸而目睹了十四年前的革命，自己又是中国人。

然而“要是”女师大学生竟一百九十九人都入了女大，又怎样呢？其实，“要是”章士钊再做半年总长，或者他的走狗们作起祟来，宗帽胡同的学生纵不至于“都入了女大”，但可以被迫胁到只剩一个或不剩一个，也正是意中事。陈源教授毕竟是“通品”，虽是理想也未始没有实现的可能。那么，怎么办呢？我想，维持。那么，“目的究竟是什么呢？”我想，就用一句《闲话》来答复：“代被群众专制所压迫者说几句公平话。”

可惜正如“公理”的忽隐忽现一样，“少数”的时价也四季不同的。杨荫榆时候多数不该“压迫”少数，现在是少数应该服从多数了。你说多数是不错的么，可是俄国的多数主义现在也还叫作过激党，为大英、大日本和咱们中华民国的绅士们所“深恶而痛绝之”。这真要令我莫名其妙。或者“暴民”是虽然多数，也得算作例外的罢。

“要是”帝国主义者抢去了中国的大部分，只剩了一二省，我们便怎样？别的都归了强国了，少数的土地，还要维持么？！明亡以后，一点土地也没有了，却还有窜身海外，志在恢复的人。凡这些，从现在的“通品”看来，大约都是谬种，应该派“在德国手格盗匪数人”，立功海外的英雄刘百昭去剿灭他们的罢。

“要是”真如陈源教授所言，女师大学生只有二十了呢？但是究竟还有二十人。这足可使在章士钊门下暗做走狗而脸皮还不十分厚的教授文人学者们愧死！

十二月二十八日

别一个窃火者

火的来源，希腊人以为是普洛美修斯从天上偷来的，因此触了大神宙斯之怒，将他锁在高山上，命一只大鹰天天来啄他的肉。

非洲的土人瓦仰安提族也已经用火，但并不是由希腊人传授给他们的。他们另有一个窃火者。

这窃火者，人们不能知道他的姓名，或者早被忘却了。他从天上偷了火来，传给瓦仰安提族的祖先，因此触了大神大拉斯之怒，这一段，是和希腊古传相像的。但大拉斯的办法却两样了，并不是锁他在山巅，却秘密地将他锁在暗黑的地窖子里，不给一个人知道。派来的也不是大鹰，而是蚊子、跳蚤、臭虫，一面吸他的血，一面使他皮肤肿起来。这时还有蝇子们，是最善于寻觅创伤的角色，嗡嗡地叫，拼命地吸吮，一面又拉许多蝇粪在他的皮肤上，来证明他是怎样的一个不干净的东西。

然而瓦仰安提族的人们，并不知道这一个故事。他们单知道火乃酋长的祖先所发明，给酋长作烧死异端和烧掉房屋之用的。

幸而现在交通发达了，非洲的蝇子也有些飞到中国来，我从它们的嗡嗡营营声中，听出了这一点点。

七月八日

再来一次

去年编定《热风》时，还有绅士们所谓“存心忠厚”之意，很删削了好几篇。但有一篇，却原想编进去的，因为失掉了稿子，便只好从缺。现在居然寻出来了；待《热风》再版时，添上这篇，登一个广告，使迷信我的文字的读者们再买一本，于我倒不无裨益。但是，算了罢，这实在不很有趣。不如再登一次，将来收入杂感第三集，也就算作补遗罢。

这是关于章士钊先生的——

两个桃子杀了三个读书人

章行严先生在上海批评他之所谓“新文化”说，“二桃杀三士”怎样好，“两个桃子杀了三个读书人”便怎样坏，而归结到新文化之“是亦不可以已乎？”

是亦大可以已者也！“二桃杀三士”并非僻典，旧文化书中常见的。但既然是“谁能为此谋？相国齐晏子。”我们便看看《晏子春秋》罢。

《晏子春秋》现有上海石印本，容易入手的了，这古典就在该石印本的卷二之内。大意是“公孙接田开疆古冶子事景公，以勇力搏虎闻，晏子过而趋，三子者不起”，于是晏老先生以为无礼，和景公说，要除去他们了。那方法是请景公使人送他们两个桃子，说道：“你三位就照着功劳吃桃罢。”呵，这可就闹起来了：

> 公孙接仰天而叹曰：“晏子，智人也，夫使公之计吾功者，不受桃，是无勇也。士众而桃寡，何不计功而食桃矣？接一搏猏而再搏虎，若接之功，可以食桃而无与人同矣。”援桃而起。
>
> 田开疆曰：“吾仗兵而却三军者再。若开疆之功，可以食桃而无与人同矣。”援桃而起。
>
> 古冶子曰：“吾尝从君济于河，鼋衔左骖以入砥柱之流。当是时也，冶少不能游，潜行逆流百步，顺流九里，得鼋杀之，左操骖尾，右挈鼋头，鹤跃而出。津人皆曰，河伯也；若冶视之，则大鼋之首。若冶之功，可以食桃而无与人同矣！二子何不反桃？”抽剑而起。

钞书太讨厌。总而言之，后来那二士自愧功不如古冶子，自杀了；古冶子不愿独生，也自杀了：于是乎就成了“二桃杀三士”。

我们虽然不知道这三士于旧文化有无心得，但既然书上说是“以勇力闻”，便不能说他们是“读书人”。倘使《梁父吟》说是“二桃杀三勇士”，自然更可了然，可惜那是五言诗，不能增字，所以不得不作“二桃杀三士”，于是也就害了章行严先生解作“两个桃子杀了三个读书人”。

旧文化也实在太难解，古典也诚然太难记，而那两个旧桃子也未免太作怪：不但那时使三个读书人因此送命，到现在还使一个读书人因此出丑，“是亦不可以已乎”！

去年，因为“每下愈况”问题，我曾经很受了些自以为公平的青年的教训，说是因为他革去了我的“签事”，我便那么奚落他。现在我在此只得特别声明：这还是一九二三年九月所做，登在《晨报副刊》上的。那时的《晨报副刊》，编辑尚不是陪过泰戈尔先生的“诗哲”，也还未负有逼死别人，掐死自己的使命，所以间或也登一点我似的俗人的文章；而我那时和这位后来称为“孤桐先生”的，也毫无“睚眦之怨”。那“动机”，大概不过是想给白话的流行帮点忙。

在这样“祸从口出”之秋，给自己也辩护得周到一点罢。或者将曰，且夫这次来补遗，却有“打落水狗”之嫌，“动机”就很“不纯洁”了。然而我以为也并不。自然，和不多时以前，士钊秘长运筹帷幄，假公济私，谋杀学生，通缉异己之际，“正人君子”时而相帮讥笑着被缉诸人的逃亡，时而“孤桐先生”“孤桐先生”叫得热剌剌地的时候一比较，目下诚不免有落寞之感。但据我看来，他其实并未落水，不过“安住”在租界里而已：北京依旧是他所豢养过的东西在张牙舞爪，他所勾结着的报馆在颠倒是非，他所栽培成的女校在兴风作浪：依然是他的世界。

在“桃子”上给一下小打击，岂遂可与“打落水狗”同日而语哉？！

但不知怎的，这位“孤桐先生”竟在《甲寅》上辩起来了，以为这不过是小事。这是真的，不过是小事。弄错一点，又何伤乎？即使不知道晏子，不知道齐国，于中国也无损。农民谁懂得《梁父吟》呢，农业也仍然可以救国的。但我以为攻击白话的豪举，可也大可以不必了；将白话来代文言，即使有点不妥，反正也不过是小事情。

我虽然未曾在“孤桐先生”门下钻，没有看见满桌满床满地的什么德文书的荣幸，但偶然见到他所发表的“文言”，知道他于法律的不可恃，道德习惯的并非一成不变，文字语言的必有变迁，其实倒是懂得的。懂得而照直说出来的，便成为改革者；懂得而不说，反要利用以欺瞒别人的，便成为“孤桐先生”及其“之流”。他的保护文言，内骨子也不过是这样。

如果我的检验是确的，那么，“孤桐先生”大概也就染了《闲话》所谓“有些志士”的通病，为“老婆子女”所累了，此后似乎应该另买几本德文书，来讲究“节育”。

五月二十四日

谁的矛盾

萧（George Bernard Shaw）并不在周游世界，是在历览世界上新闻记者们的嘴脸，应世界上新闻记者们的口试，——然而落了第。

他不愿意受欢迎，见新闻记者，却偏要欢迎他，访问他，访问之后，却又都多少讲些俏皮话。

他躲来躲去，却偏要寻来寻去，寻到之后 ，大做一通文章，却偏要说他自己善于登广告。

他不高兴说话，偏要同他去说话，他不多谈，偏要拉他来多谈，谈得多了，报上又不敢照样登载了，却又怪他多说话。

他说的是真话，偏要说他是在说笑话，对他哈哈地笑，还要怪他自己倒不笑。

他说的是直话，偏要说他是讽刺，对他哈哈地笑，还要怪他自以为聪明。

他本不是讽刺家，偏要说他是讽刺家，而又看不起讽刺家，而又用了无聊的讽刺想来讽刺他一下。

他本不是百科全书，偏要当他百科全书，问长问短，问天问地，听了回答，又鸣不平，好像自己原来比他还明白。

他本是来玩玩的，偏要逼他讲道理，讲了几句，听得又不高兴了，说他是来“宣传赤化”了。

有的看不起他，因为他不是一个马克思主义文学者，然而倘是马克思主义文学者，看不起他的人可就不要看他了。

有的看不起他，因为他不去做工人，然而倘若做工人，就不会到上海，看不起他的人可就看不见他了。

有的又看不起他，因为他不是实行的革命者，然而倘是实行者，就会和牛兰一同关在牢监里，看不起他的人可就不愿提他了。

他有钱，他偏讲社会主义，他偏不去做工，他偏来游历，他偏到上海，他偏讲革命，他偏谈苏联，他偏不给人们舒服……

于是乎可恶。

身子长也可恶，年纪大也可恶，须发白也可恶，不爱欢迎也可恶，逃避访问也可恶，连和夫人的感情好也可恶。

然而他走了，这一位被人们公认为“矛盾”的萧。

然而我想，还是熬一下子，姑且将这样的萧，当作现在的世界的文豪罢，唠唠叨叨，鬼鬼祟祟，是打不倒文豪的。而且为给大家可以唠叨起见，也还是有他在着的好。

因为矛盾的萧没落时，或萧的矛盾解决时，也便是社会的矛盾解决的时候，那可不是玩意儿也。

二月十九夜

新　药

说起来就记得，诚然，自从九一八以后，再没有听到吴稚老的妙语了，相传是生了病。现在刚从南昌专电中，飞出一点声音来，却连改头换面的，也是自从九一八以后，就再没有一丝声息的民族主义文学者们，也来加以冷冷的讪笑。

为什么呢？为了九一八。

想起来就记得，吴稚老的笔和舌，是尽过很大的任务的，清末的时候，五四的时候，北伐的时候，清党的时候，清党以后的还是闹不清白的时候。然而他现在一开口，却连躲躲闪闪的人物儿也来冷笑了。九一八以来的飞机，真也炸着了这党国的元老吴先生，或者是，炸大了一些躲躲闪闪的人物儿的小胆子。

九一八以后，情形就有这么不同了。

旧书里有过这么一个寓言，某朝某帝的时候，宫女们多数生了病，总是医不好。最后来了一个名医，开出神方道：壮汉若干名。皇帝没有法，只得照他办。若干天之后，自去察看时，宫女们果然个个神采焕发了，却另有许多瘦得不像人样的男人，拜伏在地上。皇帝吃了一惊，问这是什么呢？宫女们就嗫嚅地答道：是药渣。

照前几天报上的情形看起来，吴先生仿佛就如药渣一样，也许连狗子都要加以践踏了。然而他是聪明的，又很恬淡，决不至于不顾自己，给人家熬尽了汁水。不过因为九一八以后，情形已经不同，要有一种新药出卖是真的，对于他的冷笑，其实也就是新药的作用。

这种新药的性味，是要很激烈，而和平。譬之文章，则须先讲烈士的殉国，再叙美人的殉情；一面赞希特勒的组阁，一面颂苏联的成功；军歌唱后，来了恋歌；道德谈完，就讲妓院；因国耻日而悲杨柳，逢五一节而忆蔷薇；攻击主人的敌手，也似乎不满于它自己的主人……总而言之，先前所用的是单方，此后出卖的却是复药了。

复药虽然好像万应，但也常无一效的，医不好病，即毒不死人。不过对于误服这药的病人，却能够使他不再寻求良药，拖重了病症而至于糊里糊涂地死亡。

四月二十九日

天上地下

中国现在有两种炸，一种是炸进去，一种是炸进来。

炸进去之一例曰："日内除飞机往匪区轰炸外，无战事，三四两队，七日晨迄申，更番成队飞宜黄以西崇仁以南掷百二十磅弹两三百枚，凡匪足资屏蔽处炸毁几平，使匪无从休养。……"（五月十日《申报》南昌专电）

炸进来之一例曰："今晨六时，敌机炸蓟县，死民十余，又密云今遭敌轰四次，每次二架，投弹盈百，损害正详查中。……"（同日《大晚报》北平电）

应了这运会而生的，是上海小学生的买飞机，和北平小学生的挖地洞。

这也是对于"非安内无以攘外"或"安内急于攘外"的题目，做出来的两股好文章。

住在租界里的人们是有福的。但试闭目一想，想得广大一些，就会觉得内是官兵在天上，"共匪"和"匪化"了的百姓在地下，外是敌军在天上，没有"匪化"了的百姓在地下。"损害正详查中"，而太平之区，却造起了宝塔。释迦出世，一手指天，一手指地曰："天上地下，唯我独尊！"此之谓也。

但又试闭目一想，想得久远一些，可就遇着难题目了。假如炸进去慢，炸进来快，两种飞机遇着了，又怎么办呢？停止了"安内"，回转头来"迎头痛击"呢，还是仍然只管自己炸进去，一任他跟着炸进来，一前一后，同炸“匪区”，待到炸清了，然后再“攘”他们出去呢？……

不过这只是讲笑话，事实是决不会弄到这地步的。即使弄到这地步，也没有什么难解决：外洋养病，名山拜佛，这就完结了。

五月十六日

记得末尾的三句，原稿是：“外洋养病，背脊生疮，名山上拜佛，小便里有糖，这就完结了。”

十九夜补记

保　留

这几天的报章告诉我们：新任政务整理委员会委员长黄郛的专车一到天津，即有十七岁的青年刘庚生掷一炸弹，犯人当场捕获，据供系受日人指使，遂于次日绑赴新站外枭首示众云。

清朝的变成民国，虽然已经二十二年，但宪法草案的民族民权两篇，日前这才草成，尚未颁布。上月杭州曾将西湖抢犯当众斩决，据说奔往赏鉴者有“万人空巷”之概。可见这虽与“民权篇”第一项的“提高民族地位”稍有出入，却很合于“民族篇”第二项的“发扬民族精神”。南北统一，业已八年，天津也来挂一颗小小的头颅，以示全国一致，原也不必大惊小怪的。

其次，是中国虽说“唯女子与小人为难养也”，但一有事故，除三老通电，二老宣言，九四老人题字之外，总有许多“童子爱国”“佳人从军”的美谈，使壮年男儿索然无色。我们的民族，好像往往是“小时了了，大未必佳”，到得老年，才又脱尽暮气，据讣文，死的就更其了不得。则十七岁的少年而来投掷炸弹，也不是出于情理之外的。

但我要保留的，是“据供系受日人指使”这一节，因为这就是所谓卖国。二十年来，国难不息，而被大众公认为卖国者，一向全是三十以上的人，虽然他们后来依然逍遥自在。至于少年和儿童，则拼命地使尽他们稚弱的心力和体力，携着竹筒或扑满，奔走于风沙泥泞中，想于中国有些微的裨益者，真不知有若干次数了。虽然因为他们无先见之明，这些用汗血求来的金钱，大抵反以供虎狼的一舐，然而爱国之心是真诚的，卖国的事是向来没有的。

不料这一次却破例了，但我希望我们将加给他的罪名暂时保留，再来看一看事实，这事实不必待至三年，也不必待至五十年，在那挂着的头颅还未烂掉之前，就要明白了：谁是卖国者。

从我们的儿童和少年的头颅上，洗去喷来的狗血罢！

五月十七日

这一篇和以后的三篇，都没有能够登出。

七月十九日

再谈保留

因为讲过刘庚生的罪名，就想到开口和动笔，在现在的中国，实在也很难的，要稳当，还是不响的好。要不然，就常不免反弄到自己的头上来。

举几个例在这里——

十二年前，鲁迅做的一篇《阿Q正传》，大约是想暴露国民的弱点的，虽然没有说明自己是否也包含在里面。然而到得今年，有几个人就用“阿Q”来称他自己了，这就是现世的恶报。

八九年前，正人君子们办了一种报，说反对者是拿了卢布的，所以在学界捣乱。然而过了四五年，正人又是教授，君子化为主任，靠俄款享福，听到停付，就要力争了。这虽然是现世的善报，但也总是弄到自己的头上来。

不过用笔的人，即使小心，也总不免略欠周到的。最近的例，则如各报章上，“敌”呀，“逆”呀，“伪”呀，“傀儡国”呀，用得沸反盈天。不这样写，实在也不足以表示其爱国，且将为读者所不满。谁料得到“某机关通知：御侮要重实际，逆敌一类过度刺激字面，无裨实际，后宜屏用”，而且黄委员长抵平，发表政见，竟说是“中国和战皆处被动，办法难言，国难不止一端，亟谋最后挽救”（并见十八日《大晚报》北平电）的呢？……

幸而还好，报上果然只看见“日机威胁北平”之类的题目，没有“过度刺激字面”了，只是“汉奸”的字样却还有。日既非敌，汉何云奸，这似乎不能不说是一个大漏洞。好在汉人是不怕“过度刺激字面”的，就是砍下头来，挂在街头，给中外士女欣赏，也从来不会有人来说一句话。

这些处所，我们是知道说话之难的。

从清朝的文字狱以后，文人不敢做野史了，如果有谁能忘了三百年前的恐怖，只要撮取报章，存其精英，就是一部不朽的大作。但自然，也不必神经过敏，预先改称为“上国”或“天机”的。

五月十七日

不求甚解

文章一定要有注解，尤其是世界要人的文章。有些文学家自己做的文章还要自己来注释，觉得很麻烦。至于世界要人就不然，他们有的是秘书，或是私淑弟子，替他们来做注释的工作。然而另外有一种文章，却是注释不得的。

譬如说，世界第一要人美国总统发表了“和平”宣言，据说是要禁止各国军队越出国境。但是，注释家立刻就说：“至于美国之驻兵于中国，则为条约所许，故不在罗斯福总统所提议之禁止内”（十六日路透社华盛顿电）。再看罗氏的原文：“世界各国应参加一庄严而确切之不侵犯公约，及重行庄严声明其限制及减少军备之义务，并在签约各国能忠实履行其义务时，各自承允不派遣任何性质之武装军队越出国境。”要是认真注解起来，这其实是说：凡是不“确切”，不“庄严”，并不“自己承允”的国家，尽可以派遣任何性质的军队越出国境。至少，中国人且慢高兴，照这样解释，日本军队的越出国境，理由还是十足的；何况连美国自己驻在中国的军队，也早已声明是“不在此例”了。可是，这种认真的注释是叫人扫兴的。

再则，像“誓不签订辱国条约”一句经文，也早已有了不少传注。传曰：“对日妥协，现在无人敢言，亦无人敢行。”这里，主要的是一个“敢”字。但是：签订条约有敢与不敢的分别，这是拿笔杆的人的事，而拿枪杆的人却用不着研究敢与不敢的为难问题——缩短防线，诱敌深入之类的策略是用不着签订的。就是拿笔杆的人也不至于只会签字，假使这样，未免太低能。所以又有一说，谓之“一面交涉”。于是乎注疏就来了：“以不承认为责任者之第三者，用不合理之方法，以口头交涉……清算无益之抗日。”这是日本电通社的消息。这种泄漏天机的注解也是十分讨厌的，因此，这不会不是日本人的“造谣”。

总之，这类文章浑沌一体，最妙是不用注解，尤其是那种使人扫兴或讨厌的注解。

小时候读书讲到陶渊明的“好读书不求甚解”，先生就给我讲了，他说：“不求甚解”者，就是不去看注解，而只读本文的意思。注解虽有，确有人不愿意我们去看的。

五月十八日

并非闲话

凡事无论大小，只要和自己有些相干，便不免格外警觉。即如这一回女子师范大学的风潮，我因为在那里担任一点钟功课，也就感到震动，而且就发了几句感慨，登在五月十二的《京报副刊》上。自然，自己也明知道违了“和光同尘”的古训了，但我就是这样，并不想以骑墙或阴柔来买人尊敬。三四天之后，忽然接到一本《现代评论》十五期，很觉得有些稀奇。这一期是新印的，第一页上目录已经整齐（初版字有参差处），就证明着至少是再版。我想：为什么这一期特别卖的多，送的多呢，莫非内容改变了么？翻开初版来，校勘下去，都一样；不过末叶的金城银行的广告已经杳然，所以一篇《女师大的学潮》就赤条条地露出。我不是也发过议论的么？自然要看一看，原来是赞成杨荫榆校长的，和我的论调正相反。做的人是“一个女读者”。

中国原是玩意儿最多的地方，近来又刚闹过什么“琴心是否女士”问题，我于是心血来潮，忽而想：又捣什么鬼，装什么佯了？但我即刻不再想下去，因为接着就起了别一个念头，想到近来有些人，凡是自己善于在暗中播弄鼓动的，一看见别人明白质直的言动，便往往反噬他是播弄和鼓动，是某党，是某系；正如偷汉的女人的丈夫，总愿意说世人全是忘八，和他相同，他心里才觉舒畅。这种思想是卑劣的；我太多心了，人们也何至于一定用裙子来做军旗。我就将我的念头打断了。

此后，风潮还是拖延着，而且展开来，于是有七个教员的宣言发表，也登在五月二十七日的《京报》上，其中的一个是我。

这回的反响快透了，三十日发行（其实是二十九日已经发卖）的《现代评论》上，西滢先生就在《闲话》的第一段中特地评论。但是，据说宣言是"《闲话》正要付印的时候"才在报上见到的，所以前半只论学潮，和宣言无涉。后来又做了三大段，大约是见了宣言之后，这才文思泉涌的罢，可是《闲话》付印的时间，大概总该颇有些耽误了。但后做而移在前面，也未可知。那么，足见这是一段要紧的"闲话"。

《闲话》中说："以前我们常常听说女师大的风潮，有在北京教育界占最大势力的某籍某系的人在暗中鼓动，可是我们总不敢相信。"所以他只在宣言中摘出"最精彩的几句"，加上圈子，评为"未免偏袒一方"；而且因为"流言更加传布得厉害"，遂觉"可惜"，但他说"还是不信我们平素所很尊敬的人会暗中挑剔风潮"。这些话我觉得确有些超妙的识见。例如"流言"本是畜类的武器，鬼蜮的手段，实在应该不信它。又如一查籍贯，则即使装作公平，也容易启人疑窦，总不如"不敢相信"的好，否则同籍的人固然惮于在一张纸上宣言，而别一某籍的人也不便在暗中给同籍的人帮忙了。这些"流言"和"听说"，当然都只配当作狗屁！

但是，西滢先生因为"未免偏袒一方"而遂叹为"可惜"，仍是引用"流言"，我却以为是"可惜"的事。清朝的县官坐堂，往往两造各责小板五百完案，"偏袒"之嫌是没有了，可是终于不免为糊涂虫。假使一个人还有是非之心，倒不如直说的好；否则，虽然吞吞吐吐，明眼人也会看出他暗中"偏袒"那一方，所表白的不过是自己的阴险和卑劣。宣言中所谓"若离若合，殊有混淆黑白之嫌"者，似乎也就是为此辈的手段写照。而且所谓"挑剔风潮"的"流言"，说不定就是这些伏在暗中，轻易不大露面的东西所制造的，但我自然也"没有调查详细的事实，不大知道"。可惜的是西滢先生虽说"还是不信"，却已为我辈"可惜"，足见流言之易于惑人，无怪常有人用作武器。但在我，却直到看见这《闲话》之后，才知道西滢先生们原来"常常"听到这样的流言，并且和我偶尔听到的都不对。可见流言也有种种，某种流言，大抵是奔凑到某种耳朵，写出在某种笔下的。

但在《闲话》的前半，即西滢先生还未在报上看见七个教员的宣言之前，已经比学校为“臭毛厕”，主张“人人都有扫除的义务”了。为什么呢？一者报上两个相反的启事已经发现；二者学生把守校门；三者有“校长不能在学校开会，不得不借邻近的饭店招集教员开会的奇闻”。但这所述的“臭毛厕”的情形还得修改些，因为层次有点颠倒。据宣言说，则“饭店开会”，乃在“把守校门”之前，大约西滢先生觉得不“最精彩”，所以没有摘录，或者已经写好，所以不及摘录的罢。现在我来补摘几句，并且也加些圈子，聊以效颦——

> ……迨五月七日校内讲演时，学生劝校长杨荫榆先生退席后，杨先生乃于饭馆召集校员若干燕饮，继即以评议会名义，将学生自治会职员六人揭示开除，由是全校哗然，有坚拒杨先生长校之事变。……

《闲话》里的和这事实的颠倒，从神经过敏的看起来，或者也可以认为“偏袒”的表现；但我在这里并非举证，不过聊作插话而已。其实，“偏袒”两字，因我适值选得不大堂皇，所以使人厌观，倘用别的字，便会大大的两样。况且，即使是自以为公平的批评家，“偏袒”也在所不免的，譬如和校长同籍贯，或是好朋友，或是换帖兄弟，或是叨过酒饭，每不免于不知不觉间有所“偏袒”。这也算人情之常，不足深怪；但当侃侃而谈之际，那自然也许流露出来。然而也没有什么要紧，局外人那里会知道这许多底细呢，无伤大体的。

但是学校的变成“臭毛厕”，却究竟在“饭店招集教员”之后，酒醉饭饱，毛厕当然合用了。西滢先生希望“教育当局”打扫，我以为在打扫之前，还须先封饭店，否则醉饱之后，总要拉矢，毛厕即永远需用，怎么打扫得干净？而且，还未打扫之前，不是已经有了“流言”了么？流言之力，是能使粪便增光，蛆虫成圣的，打扫夫又怎么动手？姑无论现在有无打扫夫。

至于“万不可再敷衍下去”，那可实在是斩钉截铁的办法。正应该这样办。但是，世上虽然有斩钉截铁的办法，却很少见有敢负责任的宣言。所多的是自在黑幕中，偏说不知道；替暴君奔走，却以局外人自居；满肚子怀着鬼胎，而装出公允的笑脸；有谁明说出自己所观察的是非来的，他便用了“流言”来作不负责任的武器：这种蛆虫充满的“臭毛厕”，是难于打扫干净的。丢尽“教育界的面目”的丑态，现在和将来还多着哩！

五月三十日

并非闲话（二）

向来听说中国人具有大国民的大度，现在看看，也未必然。但是我们要说得好，那么，就说好清净，有志气罢。所以总愿意自己是第一，是唯一，不爱见别的东西共存。行了几年白话，弄古文的人们讨厌了；做了一点新诗，吟古诗的人们憎恶了；做了几首小诗，做长诗的人们生气了；出了几种定期刊物，连别的出定期刊物的人们也来诅咒了：太多，太坏，只好做将来被淘汰的资料。

中国有些地方还在“溺女”，就因为预料她们将来总是没出息的。可惜下手的人们总没有好眼力，否则并以施之男孩，可以减少许多单会消耗食粮的废料。

但是，歌颂“淘汰”别人的人也应该先行自省，看可有怎样不灭的东西在里面，否则，即使不肯自杀，似乎至少也得自己打几个嘴巴。然而人是总是自以为是的，这也许正是逃避被淘汰的一条路。相传曾经有一个人，一向就以“万物不得其所”为宗旨的，平生只有一个大愿，就是愿中国人都死完，但要留下他自己，还有一个女人和一个卖食物的。现在不知道他怎样，久没有听到消息了，那默默无闻的原因，或者就因为中国人还没有死完的缘故罢。

据说，张歆海先生看见两个美国兵打了中国的车夫和巡警，于是三四十个人，后来就有百余人，都跟在他们后面喊“打！打”，美国兵却终于安然地走到东交民巷口了，还回头“笑着嚷道：‘来呀！来呀！’说也奇怪，这喊打的百余人不到两分钟便居然没有影踪了”！

西滢先生于是在《闲话》中斥之曰：“打！打！宣战！宣战！这样的中国人，呸！”

这样的中国人真应该受“呸”，他们为什么不打的呢，虽然打了也许又有人来说是“拳匪”。但人们那里顾忌得许多，终于不打，“怯”是无疑的。他们所有的不是拳头么？

但不知道他们可曾等候美国兵走进了东交民巷之后，远远地吐了唾沫？《现代评论》上没有记载，或者虽然“怯”，还不至于“卑劣”到那样罢。

然而美国兵终于走进东交民巷口了，毫无损伤，还笑嚷着“来呀来呀”哩！你们还不怕么？你们还敢说“打！打！宣战！宣战”么？这百余人，就证明着中国人该被打而不作声！

“这样的中国人，呸！呸！！！”

更可悲观的是现在“造谣者的卑鄙龌龊更远过于章炳麟”，真如《闲话》所说，而且只能“匿名的在报上放一两支冷箭”。而且如果“你代被群众专制所压迫者说了几句公平话，那么你不是与那人有‘密切的关系’，便是吃了他或她的酒饭。在这样的社会里，一个报不顾利害的专论是非，自然免不了诽谤丛生，谣诼蜂起”。这确是近来的实情。即如女师大风潮，西滢先生就听到关于我们的“流言”，而我竟不知道是怎样的“流言”，是那几个“卑鄙龌龊更远过于章炳麟”者所造。还有女生的罪状，已见于章士钊的呈文，而那些作为根据的“流言”，也不知道是那几个“卑鄙龌龊”且至于远不如畜类者所造。但是学生却都被打出了，其时还有人在酒席上得意。——但这自然也是“谣诼”。

可是我倒也并不很以“流言”为奇，如果要造，就听凭他们去造去。好在中国现在还不到“群众专制”的时候，即使有几十个人，只要“无权势”者叫一大群警察，雇些女流氓，一打，就打散了，正无须乎我来为“被压迫者”说什么“公平话”。即使说，人们也未必尽相信，因为“在这样的社会里”，有些“公平话”总还不免是“他或她的酒饭”填出来的。不过事过境迁，“酒饭”已经消化，吸收，只剩下似乎毫无缘故的“公平话”罢了。倘使连酒饭也失了效力，我想，中国也还要光明些。

但是，这也不足为奇的。不是上帝，那里能够超然世外，真下公平的批评。人自以为“公平”的时候，就已经有些醉意了。世间都以“党同伐异”为非，可是谁也不做“党异伐同”的事。现在，除了疯子，倘使有谁要来接吻，人大约总不至于倒给她一个嘴巴的罢。

九月十九日

并非闲话（三）

西滢先生这回是义形于色，在《现代评论》四十八期的《闲话》里很为被书贾擅自选印作品，因而受了物质上损害的作者抱不平。而且贱名也忝列于作者之列：惶恐透了。吃饭之后，写一点自己的所感罢。至于捏笔的“动机”，那可大概是“不纯洁”的。记得幼小时候住在故乡，每看见绅士将一点骗人的自以为所谓恩惠，颁给下等人，而下等人不大感谢时，则斥之曰“不识抬举”！我的父祖是读书的，总该可以算得士流了，但不幸从我起，不知怎的就有了下等脾气，不但恩惠，连吊慰都不很愿意受，老实说罢：我总疑心是假的。这种疑心，大约就是“不识抬举”的根苗，或者还要使写出来的东西“不纯洁”。

我何尝有什么白刃在前，烈火在后，还是钉住书桌，非写不可的“创作冲动”；虽然明知道这种冲动是纯洁，高尚，可贵的，然而其如没有何。前几天早晨，被一个朋友怒视了两眼，倒觉得脸有点热，心有点酸，颇近乎有什么冲动了，但后来被深秋的寒风一吹拂，脸上的温度便复原，——没有创作。至于已经印过的那些，那是被挤出来的。这“挤”字是挤牛乳之“挤”；这“挤牛乳”是专来说明“挤”字的，并非故意将我的作品比作牛乳，希冀装在玻璃瓶里，送进什么“艺术之宫”。倘用现在突然流行起来了的论调，将青年的急于发表未熟的作品称为“流产”，则我的便是“打胎”；或者简直不是胎，是狸猫充太子。所以一写完，便完事，管他妈的，书贾怎么偷，文士怎么说，都不再来提心吊胆。但是，如果有我所相信的人愿意看，称赞好，我终于是欢喜的。后来也集印了，为的是还想卖几文钱，老实说。

那么，我在写的时候没有虔敬的心么？答曰：有罢。即使没有这种冠冕堂皇的心，也决不故意要些油腔滑调。被挤着，还能嬉皮笑脸，游戏三昧么？倘能，那简直是神仙了。我并没有在吕纯阳祖师门下投诚过。

但写出以后，却也不很爱惜羽毛，有所谓“敝帚自珍”的意思，因为，已经说过，其时已经是“便完事，管他妈的”了。谁有心肠来管这些无聊的后事呢？所以虽然有什么选家在那里放出他那伟大的眼光，选印我的作品，我也照例给他一个不管。其实，要管也无从管起的。我曾经替人代理过一回收版税的译本，打听得卖完之后，向书店去要钱，回信却道，旧经理人已经辞职回家了，你向他要去罢；我们可是不知道。这书店在上海，我怎能乘了火车去向他坐索，或者打官司？但我对于这等选本，私心却也有“窃以为不然”的几点，一是原本上的错字，虽然一见就明知道是错的，他也照样错下去；二是他们每要发几句伟论，例如什么主义咧，什么意思咧之类，大抵是我自己倒觉得并不这样的事。自然，批评是“精神的冒险”，批评家的精神总比作者会先一步的，但在他们的所谓死尸上，我却分明听到心搏，这真是到死也说不到一块儿，此外，倒也没有什么大怨气了。

这虽然似乎是东方文明式的大度，但其实倒怕是因为我不靠卖文营生。在中国，骈文寿序的定价往往还是每篇一百两，然而白话不值钱；翻译呢，听说是自己不能创作而嫉妒别人去创作的坏心肠人所提倡的，将来文坛一进步，当然更要一文不值。我所写出来的东西，当初虽然很碰过许多大钉子，现在的时价是每千字一至二三元，但是不很有这样好主顾，常常只好尽些不知何自而来的义务。有些人以为我不但用了这些稿费或版税造屋，买米，而且还靠它吸烟卷，吃果糖。殊不知那些款子是另外骗来的；我实在不很擅长于先装鬼脸去吓书坊老板，然后和他接洽。我想，中国最不值钱的是工人的体力了，其次是咱们的所谓文章，只有伶俐最值钱。倘真要直直落落，借文字谋生，则据我的经验，卖来卖去，来回至少一个月，多则一年余，待款子寄到时，作者不但已经饿死，倘在夏天，连筋肉也都烂尽了，那里还有吃饭的肚子。

所以我总用别的道儿谋生；至于所谓文章也者，不挤，便不做。挤了才有，则和什么高超的“烟士披离纯”呀，“创作感兴”呀之类不大有关系，也就可想而知。倘说我假如不必用别的道儿谋生，则心志一专，就会有“烟士披离纯”等类，而产生较伟大的作品，至少，也可以免于献出剥皮的狸猫罢，那可是也未必。三家村的冬烘先生，一年到头，一早到夜教村童，不但毫不“时时想政治活动”，简直并不很“干着种种无聊的事”，但是他们似乎并没有《教育学概论》或“高头讲章”的待定稿，藏之名山。而马克思的《资本论》，陀思妥夫斯奇的《罪与罚》等，都不是啜末加咖啡，吸埃及烟卷之后所写的。除非章士钊总长治下的“有些天才”的编译馆人员，以及讨得官僚津贴或银行广告费的“大报”作者，于谋成事遂，睡足饭饱之余，三月炼字，半年锻句，将来会做出超伦轶群的古奥漂亮作品。总之，在我，是肚子一饱，应酬一少，便要心平气和，关起门来，什么也不写了；即使还写，也许不过是温暾之谈，两可之论，也即所谓执中之说，公允之言，其实等于不写而已。

所以上海的小书贾化作蚊子，吸我的一点血，自然是给我物质上的损害无疑，而我却还没有什么大怨气，因为我知道他们是蚊子，大家也都知道他们是蚊子。我一生中，给我大的损害的并非书贾，并非兵匪，更不是旗帜鲜明的小人：乃是所谓“流言”。即如今年，就有什么“鼓动学潮”呀，“谋做校长”呀，“打落门牙”呀这些话。有一回，竟连现在为我的著作权受损失抱不平的西滢先生也要相信了，也就在《现代评论》（第二十五期）的照例的《闲话》上发表出来；它的效力就可想。譬如一个女学生，与其被若干卑劣阴险的文人学士们暗地里散布些关于品行的谣言，倒不如被土匪抢去一条红围巾——物质。但这种“流言”，造的是一个人还是多数人？姓甚，名谁？我总是查不出；后来，因为没有多工夫，也就不再去查考了，仅为便于述说起见，就总称之曰畜生。

虽然分了类，但不幸这些畜生就杂在人们里，而一样是人头，实际上仍然无从辨别。所以我就多疑，不大要听人们的说话；又因为无话可说，自己也就不大愿意做文章。有时候，甚至于连真的义形于色的公话也会觉得古怪，珍奇，于是乎而下等脾气的“不识抬举”遂告成功，或者会终于不可救药。

平心想起来，所谓“选家”这一流人物，虽然因为容易联想到明季的制艺的选家的缘故，似乎使人厌闻，但现在倒是应该有几个。这两三年来，无名作家何尝没有胜于较有名的作者的作品，只是谁也不去理会他，一任他自生自灭。去年，我曾向 DF 先生提议过，以为该有人搜罗了各处的各种定期刊行物，仔细评量，选印几本小说集，来绍介于世间；至于已有专集者，则一概不收，“再拜而送之大门之外”。但这话也不过终于是空话，当时既无定局，后来也大家走散了。我又不能做这事业，因为我是偏心的。评是非时我总觉得我的熟人对，读作品是异己者的手腕大概不高明。在我的心里似乎是没有所谓“公平”，在别人里我也没有看见过，然而还疑心什么地方也许有，因此就不敢做那两样东西了：法官，批评家。

现在还没有专门的选家时，这事批评家也做得，因为批评家的职务不但是剪除恶草，还得灌溉佳花，——佳花的苗。譬如菊花如果是佳花，则它的原种不过是黄色的细碎的野菊，俗名“满天星”的就是。但是，或者是文坛上真没有较好的作品之故罢，也许是一做批评家，眼界便极高卓，所以我只见到对于青年作家的迎头痛击，冷笑，抹杀，却很少见诱掖奖劝的意思的批评。有一种所谓“文士”而又似批评家的，则专是一个人的御前侍卫，托尔斯泰呀，托她斯泰呀，指东画西的，就只为一人做屏风。其甚者竟至于一面暗护此人，一面又中伤他人，却又不明明白白地举出姓名和实证来，但用了含沙射影的口气，使那人不知道说着自己，却又另用口头宣传以补笔墨所不及，使别人可以疑心到那人身上去。这不但对于文字，就是女人们的名誉，我今年也看见有用了这畜生道的方法来毁坏的。古人常说“鬼蜮技俩”，其实世间何尝真有鬼蜮，那所指点的，不过是这类东西罢了。这类东西当然不在话下，就是只做侍卫的，也不配评选一言半语，因为这种工作，做的人自以为不偏而其实是偏的也可以，自以为公平而其实不公平也可以，但总不可“别有用心”于其间的。

书贾也像别的商人一样，唯利是图；他的出版或发议论的“动机”，谁也知道他“不纯洁”，决不至于和大学教授的来等量齐观的。但他们除唯利是图之外，别的倒未必有什么用意，这就是使我反而放心的地方。自然，倘是向来没有受过更奇特而阴毒的暗箭的福人，那当然即此一点也要感到痛苦。

这也算一篇作品罢，但还是挤出来的，并非围炉煮茗时中的闲话，临了，便回上去填作题目，纪实也。

十一月二十二日